ホラー短篇集

発狂山

大和田龍之介

クリエイティブメディア出版

DEC.

はじめに

血を、恐怖を、世界に広げていきたい――

すれ違う人々、その全ての言動、耳に入る全ての雑音を受け入れる。
そうして、静寂に包まれた一人だけの空間に戻る――やがて蓄積された何かが動き出す。
不思議なことに登場人物たちの顔が浮かぶ……その何人かは街ですれ違った名も知らぬ者がいるのかもしれない。

人々の顔が浮かぶ、死にざまが浮かぶ。そう、物語が進むうちに徐々に書き手（僕）は物語の中の人物たちに対し殺意を覚え始めることがある。

誰を「消す」か、または「残す」か……僕はこの物語の中に君臨する絶対神だ。
誰もが完全に僕の手の内にあり、好きに動かすことができる。男や女や、人ならざるものたちの顔を想像し、肉付けする……愛着が沸けば沸くほど、劇的な死を考えてしまう。

僕は知っている。

それが書き手にとって最大の悦びなのだと――

物語の中で、いつの間にか自ら会話を始めている登場人物たち……取り巻き連中も勝手に動き出す。

その過程で人を殺める者も出現するかもしれない。

しかし、僕には止めることはできないのだ。

なぜなら……物語はすでに動き出してしまったのだから。

音色よ、永遠に

あなたは病院のベッドで目を覚ます……意識がもうろうとし、動くことさえままならない。

かろうじて、周囲を見回すが誰もいない――人の声も物音も、何ひとつ聞こえない。

頭に違和感を覚え、両手で確認する。そして、頭上から顎下まで顔の輪郭をぐるりと囲むように包帯が厳重に巻かれていることに気づく。

酷い怪我の原因は……混乱していたがすぐに思い出す。

やがて、看護婦がやって来て白いマジック・ボードにペンで文字を書く――

差し出されたボードを、あなたは身を乗り出して凝視する。

こう書かれている……生き残りはあなたひとり。

死んだ同僚たちのことを気の毒に思うが、それよりも自分が生き残れたことを神に感謝してしまう。

横になり呆然と白い天井を見つめながら、あなたはあの音色《ねいろ》を思い出す。

記憶を十四時間前まで戻す……そう、あの山小屋を訪れる前まで。

咆哮山《ほうこうやま》――怪現象が多く確認され、地元の人間たちからも恐れられているこの地にあなたたちは足を踏み入れた。

好奇心旺盛なあなたたちは怪現象を解明するために都内から五時間以上もかけてやって来たのだ。

同行者は男性二人、会社の同僚だ。

あなたたち三人は軽食と水筒、懐中電灯が入ったリュックを背負い、目的地を目指し歩いて行く。

紅葉で彩られた森を抜け、ゆるやかな山道を登ること約一時間半、遂に山頂へ。

そこは虫一匹、鳴き声がしない不気味なほど静まりかえった森……その奥にあの山小屋はあった。

年季がはいったひびだらけの丸太で造られたくすんだ鼠色の外壁。窓らしきものは確認できず、雨宿りに使用するために造られたちっぽけで粗雑な小屋という印象だ。

小屋全体から放たれる得体の知れない不気味な雰囲気にあなたたちは一瞬、足がすくむ。

季節を感じさせる山道とはかけ離れた暗くじめっとしたよどんだ空気にあなたは吐き気さえ覚え、さらにはこれまでに一晩過ごせた者は誰ひとりいないという噂を思い出し、同僚のひとりが怯《おび》え始める。

既に辺りは夕闇に襲われ、すぐにでも立ち去りたい気分だったが、あなたは勇気を奮い起こし、恐る恐る山小屋の小汚い扉の取っ手に手を掛ける。

ひんやりとした感触が手を這って、肩までその感覚が伝わると全身に鳥肌が立つのを感じる。

鍵はかかっていない……そのまま、引いてみると軋《きし》む音もなく滑らかに開いていく。

薄暗い空間……一瞬、緊張が走るもそっと中を覗き込むあなた。

室内の天井から吊り下げられた民芸調のランプがかろうじて八畳ほどの狭い室内を照らしている。

あなたたちに安堵感が込み上げるが、奥に人影を見つける……あぐらをかいて座っているひとりの老人だ。七十歳ぐらいだろうか、長い白髪に茶褐色の肌、こけた頬、目を見開いてまばたきひとつせず、あなたを見つめる。

服装は薄汚れたベージュのダウンベストにカーキ色のカーゴパンツ。足元には空のペットボトルがいくつも転がり、白いカスがこびりついたオレンジ色のビニールの切れ端が散乱していて、あなたはそれが何であるかすぐに察知する。

老人の隣に置いてある染みだらけのリュックから大量の魚肉ソーセージがこぼれ落ちて

いたからだ。

あなたは思う。一体いつからここにいるのだろうと。

突然の先客に驚くも、老人が気さくな様子で挨拶をすると緊張がほどける。

リュックを下ろし、あなたたちは壁際にもたれかかり座る。

同僚たちも安心した様子で水分補給をしてから雑談を始める。

あなたは老人に関心を持ち、ここで何をしているのかと質問をしてみる。

老人は答える。あなたたちと同じだと。怪現象の多くはこの山小屋で起きると。そして、続ける。大勢で過ごせば恐れることはないと。

あなたは言う。どのくらいこの山小屋で過ごしているのかと。

老人は笑って答える。もう、一週間になると。

あなたはその間に奇妙な現象があったかと尋《たず》ねる。

老人は真顔で答える。深夜になると奇妙な音が聞こえると。

どんな音だったかとあなたは熱心に質問する。

老人は実際に聞けばわかるさ、とだけ言う。

やがて、あなたたちは軽食を取り出し、夜になるのを待つ。

長旅と登山の疲れから徐々に会話は少なくなり、いつの間にかあなたたちのまぶたは重くなり始める。

あなたが腕時計を見るとすでに深夜二十四時。

あなたは何気なく老人の様子を確かめる――そして、その顔にひきつった笑みが浮かんでいることに恐怖を覚える。

耳を澄ますが、風の音と木々の葉がこすれる音しか聞こえない。

異常な睡魔に襲われ始めたあなたの意識は徐々に薄れていく。

突然、けたたましい笑い声が室内にこだまする。

あなたは飛び起きて、周囲を見回す。同僚たちは動揺を隠せない様子だ。

老人は笑うのをやめると耳を澄ますように言う。

静寂に包まれた室内、あなたは神経を研ぎ澄まし、全集中力を耳に傾ける。

耳を澄ますと、かすかに聞こえる――キュルルルル……という音。

あなたたちは風の音と木々の葉がこすれる音とは別に確かに奇妙な異音を聞く。

同僚のひとりはまるで何かの音楽のようだと言う。

あなたも同僚の意見に賛成する。何かの楽器で奏でている音楽のようだと。

老人は首を横に振り、もっとよく聞いてごらんと言う。

キュルルルルルルルルルル！

あなたは徐々に大きくなるその異音を聞いて、山小屋のすぐ近くまで迫っていると感じる。

耳から離れないその異音に不安感がつのるあなた。

老人は絶対に外に出るなと強い口調で何度も言い張る。

同僚のひとりが震えあがり、恐怖にひきつった顔で小屋の扉に駆け寄る。

大人しく座れ、という老人の異常な怒鳴り声で同僚はその場にうずくまり、もうひとりは両耳を両手で抑えて、隅で震えている。

老人が目を見開き、荒い息で話し始める。人が来るのをずっと何日も待っていたと。借金取りに追われて、この山小屋に身を隠し自殺まで考えていたが……あの異音を耳にして考えが変わったと。

あなたは必死に尋《たず》ねる。あの異音は人間にどのような影響を与えるのかと。

老人は高らかに笑いながら言う。本当にあの異音の意味がわからないのかと。音ではないんだと。

キュルルルルルルルルルルルルル！

さらに大きくなる異音にあなたは息苦しくなり、動悸が酷《ひど》くなるがその瞬間にあることに気づく。

異音にあるパターンがあることを。キュルという音はひとつの単語ではないかと。それが連続してあのような奇妙な音色のように聞こえているのでは……と。

そのことを老人に伝えると、歓喜に満ちた震えた声であなたに言う。

その意味を理解する前にお前たちはここで死ぬんだと。

老人の異様な豹変ぶりにあなたたちの恐怖は臨界に達する。

乱雑にリュックの中身を床にぶちまける老人……大量の魚肉ソーセージにまじって、きらりと光る……大型のサバイバル・ナイフがこぼれ落ちる。

サバイバル・ナイフを素早く手にする老人は叫ぶ。人が来るのをずっとずっと……待っていた、やっとこれで……。

奇声を発し、扉の前にいた同僚に飛び掛かる老人。逃げようと背を向けたその背中に何度も何度も刃を突き立てる。

宙を舞う鮮血にショックを受けたあなたは金縛りにあったようにその場で凍りつく。

血しぶきを顔に浴びた老人は得意げにもうひとりの同僚に襲い掛かる。

あなたは老人のその病的な機敏さと狂気にこれまでにない戦慄を感じる。そして、あなたはやっと異音の単語の意味が理解できる。

キュルではないと。キル（殺せ）なのだと。

音色はずっと鳴り響く。

キルキルキルキルキルキルキルキルキルキルキルキルキルキルキルキルキル……と。

あなたは本能的に思う。長時間、この音色を聞き続けてはいけないと。

両耳を塞いでも頭の中にこだまする単語を追い払うことができず、あなたはふらつきながら扉に近づいていく。

老人は馬乗りになって、もうひとりの同僚の喉ぼとけに刃を突き立てる。ごぼごぼという声にならない喘ぎ声を発する同僚の様子を見まいと必死に目をそらすあなた。

断末魔の叫び声と老人の金切り声、生臭い血の匂い……そして音色があなたの正気を奪っていく。

あなたは自暴自棄になり、老人にあの音色を聞くなと叫ぶが彼は聞き入れない。

狂人と化した老人が笑いながら遂にあなたに襲い掛かる。掴みかかられ、仰向けに倒れるあなた。

きらりと光る刃の先端があなたの頬をつつくが、すんでのところで老人の腕を掴み、ねじ伏せてから激しく腕に噛みつく――床に落ちていくサバイバル・ナイフの柄を両手で素早く掴み、腹にめがけて……一瞬躊躇するも、驚くほどすんなり、そして深々と奥に吸い込まれる刃。時が止まったかのように立ちすくむあなたと老人。

刃先から柄に流れ伝う生暖かい鮮血……深紅の川はあなたの両手を這い続ける。

老人は笑うのをやめ、あなたは我に返る。

床に崩れ落ちる老人。この室内で生き残っているのはあなたひとり。

音色は相変わらず鳴り響いている。

あなたの体は思うように動かない。扉を開けてここから立ち去るという考えは薄れていき、誰かを殺さねばならないという強い衝動があなたを蝕んでいく。

残された道はふたつ。誰かがこの山小屋を訪れるのを待つか。もうひとつは――

あなたは後者を選ぶ。しかし、この行為もまた正気を失っている証拠だ。

震える手でサバイバル・ナイフを握り、右耳に突き立てる。ゆっくりと奥へ刃を進めていく。金属のひんやりとした冷たい感触が耳の皮膚に触れ、恐怖が押し寄せる。わずかな躊躇の後、あなたは力を込めてそれを押し込む。刃は鼓膜まで達しなければ意味がない。左耳も同じだ。

あなたは激痛に耐えながら、無意味な現実逃避を繰り返す。耳はなぜ、ふたつもあるのだろうかと――人の話を多く聞くために決まっているからだろう?と。

やがて、訪れる静寂……両耳から流れ落ちる大量の生暖かい血液が両頬を伝う。耐えがたい激痛のかわりに体の自由が効くことにあなたは喜びを覚える。

ふらふらと扉に近づき、取っ手に触れる……もたれかかるように扉を開けてあなたは遂にこの山小屋から抜け出すことに成功する。

外は夜明けが近いのか、薄暗くうっすらと山道が見渡せる。

薄れゆく意識の中であなたは倒れそうになるが、最後の力を振り絞り、立ち上がると山小屋から出来るだけ遠くに離れようとする。

突然の強風が吹き荒れる……あなたはふらふらとしながらも木の幹に必死にしがみつく。

聴覚を失った静寂な世界であなたは奇妙な気配を感じ、山小屋のほうを振り返る。

上空に……上空に何かが……よく確認しようと必死に目を凝らす、あなた。

風で飛ばされた大きな黒いポリ袋のように見えるが、おかしいことに気づく。それは…

……空中で停滞していたからだ。

見てはいけない……本能的にそう思うが、既に視界には山小屋を覆いつくすほどのぬめりのある巨大なアメーバ状で黒い物体が——しばらくすると……触手の様な蠢《うごめ》く何かが無数に生え、絶えず収縮を繰り返しながら、物体は天にむかって上昇し始める。

あなたは訳もわからずに、山道へと必死に歩き続ける。決して振り返らずに。

ひたすら歩く……出血多量で死ぬのが早いか、それとも——

強風がやんだ頃に、はるか遠くにかすかな光が見える。どのくらい歩いたのか、現在地がどの辺りなのか、もうあなたにはわからない……。

光の正体が確認できず、不安になるも、あなたの意識はそこで終焉を迎える。


そして、現在……病室のベッドであなたは医師から説明を受けている。医師は白いマジック・ボードにペンで文字を書き、あなたは頷《うなず》きながらぼうっとそれを眺めている。

医師は書いては消すという行為を繰り返している。

マジック・ボードには——運よく農園に向かっていた地元の人間に麓《ふもと》付近で発見されたのは幸運だと書いてある。

無音の世界でこれまでにない安心感で満たされるあなた。物音も人の話し声もそして、あの音色も聞くことは一生ないと。

新しいあなただけの世界……病室のベッドでひとり、横になりそして――考える。気がかりはひとつだけ。あの山小屋の上空に浮遊していた物体は一体、何だったのか?あれは一体――死の淵で見た幻覚か、あれがあの奇妙な音色を奏でていたのか?一体どこからやってきたのか……とにかく、怪現象とやらは本物だった……狂人と化した老人も。それだけは事実。

あなたは自分に言い聞かせる。生き残ったのだ。それだけで十分だ。もう二度と――あなたはふいにあの音色を思い出してしまう。

聴覚を失った今もあの音色を忘れることはできない。頭の中で自然と奏でてしまう心地良い音色。

あなたは自然と口ずさんでしまう……キュルルル、キュル、キルと。

次の瞬間、歯止めが効かなくなり連続で発してしまう。

キルキルキルキルキルキルキルキルキルキルキルキルキルキルキルキル……と。

奇妙な考えがあなたを襲う。病院ならメスがある……それを使って――

深淵なるサクリフ

兜蟹町《かぶとがにちょう》——俺はここ二日、都内を離れて某浜辺に近いこの町に滞在中だ。

グルメライターとして、今回はご当地料理を紹介するために店をいくつか巡っていたのだ。

俺の担当のグルメコーナーのコラムは雑誌でも紹介されていて好評を得ていた。今のところ、編集長からの信頼も厚く確かな手ごたえとともに仕事は順調だった。

あの店に行くまでは——

今日の午前中は牡蠣の特製天丼の店に取材に行き、午後は鯛めしで評判の店に予約を入れていた。

約束の二十時までは、まだ時間がある。さてと、路地裏探索でもするか……今から一杯やっても取材の頃には丁度、酔いが覚めているだろう。しかし、さっきの牡蠣の天丼はうまかったたな。

俺が子供の頃、この一帯はさびれた浜辺として有名だったはず。それが、今ではどうだ？廃業したホテル、旅館、飲食店……すっかり復活して、まるであの黒歴史がなかったかのように。

この土地を訪れたのは初めてだったが、今回もいいコラムが書けそうだ。

俺は上機嫌で人通りの多い表通りから角を曲がり、人気《ひとけ》のない路地に入って行った。

そこは……昔のさびれた時代を思い起こさせる――そんな雰囲気の薄暗い通りだった。

どの町でもそうだが、人間と同様に表と裏、つまりは陽と陰があるのだ。家族が堂々と歩ける健全な通りと怪しい夜の店がたむろする裏通り……。

しかし、ここは……まるで違う次元に迷い込んだような。そう思わせる何かがあった。

不安になったので少し、道を戻り表通りを覗いた。子供たちの笑い声や主婦たちの会話を確認すると、安心した。

大昔、ここでは津波による海難事故が相次いだという噂を耳にしていた。暗い歴史がある土地。

気がつくと俺はとある居酒屋の前に立っていた。お世辞にも綺麗とは言えないあばら家とも言うべき、おそらく築四十年以上の木造の建築物……少し手前に置いてある変色した木片の看板にはこう記してあった……『魚人亭《ぎょじんてい》』と。

わずかに開いた引き戸の隙間からはかすかに、明かりが漏れて……営業はしている様子だが。正直、入りづらい。しかし、こういった風情のある店に隠れた名店がまぎれていることがたまにある。俺の第六感は働いていた。

さあ……入ってみるか――隙間からそっと中を覗く……すぐ目の前には埃だらけの木製のカウンターが広がっていた。

狭い……四人席程度しかない。

「おお！いらっしゃい！」

俺は突然の声にびくっとした。カウンターの奥から主人らしき老人が顔を出し、歓喜の表情を浮かべて俺を見つめていた。

「お客さんかい？どうぞ！どうぞ！」

主人のその勢いのよさに押されながら、俺は引き戸を開けると一番端の席に座った。

店内を見回す……ぼろぼろの店内、黄ばんだ壁には一応メニューらしき用紙が何枚も貼ってあったが……そのほとんどは変色し、染みだらけで読むことは不可能なうえに剥がれかかっていた。

「兄さん、若いね！ああ……あんたあ、この町の人間じゃないね！ひょっとして……」

「ええ……東京から……仕事で来ていましてね」

「出張かい？いつまでいるんだね？」

俺におしぼりとお通しを出すと、興味津々な様子で聞き始めた。

「ええ……明日には戻りますが」

「……ほう、で……どんな仕事だね？」

「ああ……ライターをしているんですよ。町のグルメを紹介したり……」

「ほえー！ライターさんかい？初めて会ったよ。で、何飲む？」

「ええと……とりあえず、ビールを……中ジョッキで」

「ほいきた！この店もどこかで紹介されたりして！ははは！」

目の前にビールが入ったジョッキを乱暴に置くと主人はニヤニヤしながら、そう言った。

俺はお通しのこんにゃくとビールを交互に頂いた。最初はやはり、ビールで喉を潤すのがいい……ぷはあ！爽快な喉ごしだ。

妙な店だがなぜか落ち着いた。

「ねえ、ご主人。このお店は何年目？」

「おっと、さっそく取材かい？うーん、今年で三十年！俺は……七十五歳！」

「……ということはご主人、四十歳ぐらいからお店を始められたんですね？ちなみにお店を開く前は何をされていたんですか？」

「ああ、漁師だよ……」

「なるほど……それで、店の屋号には何かこだわりがあるんですか？」

「うん？あれは奴らをからかうためさ……」

「え？奴らって？」

俺は主人の言っている意味がよくわからなかったので思わず聞き返した。

「い、いや……」

主人は言葉をつぐみ、急にそこで黙ってしまったが、しばらくするとおちょこに日本酒をつぎ、ちびちびと飲み始めた。

「俺も一杯やるよ……構わねえだろ？」

俺は快く頷《うなず》いた。昔ながらの人情ある飲み屋に久しぶりに巡り合ったと。

「表通りはすごいだろう？繁盛している店でいっぱいだ……」

浅黒い肌にくせのついた白髪……深く刻まれた皺だらけの顔を動かしながら、主人は笑って言った。

「……そうですね。でも、凄い復活ですよね。この一帯は昔、さびれて廃業した店が連なっているって噂だったから……」

「九十年代のあんときゃ、ひでえ状態だった……異常気象が続いてな！台風に津波、浸水で宿も店も廃業、行方不明者は大勢出るわで……てんやわんや！まさにこの世の末状態だ」

主人は興奮しながら、そう言うと大量の日本酒をあおり始めた。

俺のジョッキはいつの間にか空《から》になっていた。

「お次はどうする？」

「うーん……まだ、このあと仕事が控えているからな……また、ビールを！あとは……刺身の盛り合わせを！」

「ほいきた！」

見事な包丁さばきで刺身があっという間に差し出された。はまち、まぐろ、かつお、どれもぷりぷりとした身が光る新鮮なネタだ。どれ……まずはまぐろを……うん……おお……やはり、うまい。

俺はこの店をすっかり気に入ってしまっていた。

主人はというと酒の量がますます多くなり、顔は紅潮し、すでに両まぶたは重そうだった。

「お、俺の店には地元民は来ねえ！あんたみたいなよそもんがたまに来るぐらいだ……俺はおしゃべりだから、嫌われているんだ」

「……何かもめごとでもあったんですか？　ご主人？」

俺は主人が不憫《ふびん》になり、たずねてみた。

「い、いいや、ねえ……ねえけど、なあ……あんたあ、口は堅いほう？」

「ええ……書くのはグルメに関することだけなので……」

主人は新参者の俺を警戒した様子でしばらく観察していた。

「あんたあ、町歩いて……何か気になることはなかったかい？」

「……と、言いますと？」

主人の目つきが鋭くなった。

「それはこれから話すことにつながると思うんだが、町に変な連中がいるのを見かけなかったかい？」

「は？　変な連中？」

俺は主人の話にのめり込んでいった。

「住人や観光客にまじって妙な連中がいるのは確かなんだ……奴らをよく観察するとなあ、みんな妙に平べったい顔で肌がざらついているんだ。さらに、不気味なのはまばたきひとつしないで、こちらを見つめる、あのぎょろ目だよ……ろくに喋らず、頷《うなず》くだけ！　この店にも何度か来たんだよ！俺を監視してるかのように何回も！」

「ご主人、ご主人……落ち着いて」

主人が異様に興奮してきたので俺はたしなめた。

「すまねえ……俺は孤独だしよ……話を聞いてくれる相手もいやしねえ。地元の連中に話したら笑われてな……村八状態よ」

「そうだったんですか……」

「今じゃ、変人の真二郎って有名だよ……ああ、俺の名前ね」

確かに今の話だけでは頭のおかしい老人だと言われても仕方がない……しかし、この話の行く末を聞きたかった。

主人の酔いは意外に早く、すでにろれつが回っていない状態だった。

「前はよお、俺は漁師やってたんだ……それが今では歳のせいで漁に出るのも週に一度程度……」

「……はい」

「それでも、漁業は絶好調……でもなあ……」

主人の目に力が入り、口調がいっそう厳しくなった。

「俺は見たんだ……」

「……何を見たんですか?」

「深夜の神羅岬《しんらみさき》で……見たんだ……」

「神羅岬《しんらみさき》?」

「浜辺を東に行くと……あの場所がある……そこで見たんだ……あれをだよ！水際から現れやがった！三体も！二本足でしっかりと立って……人間みたいにだ……さらに、吠えるような不気味な鳴き声をだしやがって！うわああ……しかもだよ、あれは人間の言葉を理解できるようなんだ！」

「あれっていうのはつまり、何ですか……」

俺は早く先を聞きたくて、たずねた。

「この土地にはなあ……大昔から魚人どもの伝説があったんだ……俺もガキんときに爺さんからよく聞かされたっけ……」

「魚人?それって、半魚人みたいな生き物のことですか?たとえば、人魚とか河童みたいな伝説のことで……」

「兄さん……神様に誓うよ……三十年前に俺は見たんだ！はっきりと……本当に、本当に！」

主人は必死だった。

「そんときゃ、ちっとは酒がはいってたけどな……必死に隠れてじっくりと観察したんだ！あいつらの変な歩き方といったら……そりゃもう、不気味でよお！そのうえ、深夜の月明かりの下で見たあいつらの姿は吐き気がするほど醜いぞ！ああ……全身ぬめった鱗だらけで……くそ！ああ……蛙とヒラメを合わせたようなあのひでえツラが頭から離れねえよ！」

俺はにわかに信じられないその話を初めは半信半疑で聞いていたが、主人の恐ろしい形相と熱のこもった語り口に完全に引き込まれていた。それと同時に漠然とした恐怖が生まれ、なぜかその魚人の姿を想像できるようにまでなっていた。冷たいビールにはもう手をつけられなかった……背筋に寒気を感じていたからだ。

「さらにだ……そこに人間がやって来た……フードで顔は見えんかったが、魚人どもとなにやら話をしてやがった」

「まさか……この町の人間ですか？」

「そうとしか思えん……大きい声じゃ言えんが……この町にはあの魚人どもと密かに協力

しているグループみたいのがあるのかもしれん……」

「グループ……その人たちは……」

「俺が思うに、町にいる誰か……町長も含めてな……そして、ここからが肝心だ！その魚人どもときっと、取引をしたに違いない！」

「取引……何のために？」

「町が栄えるためにだよ！そ、そういや……九十年代のあの行方不明者が大勢出た年の後に……急に漁業が盛んになった！間違いねえ！でも、取引条件がわからねえ……漁業を栄えさせてくれるかわりにこっちは何を要求されたんだ？」

「ご主人……三十年前のその年の行方不明者は？」

「わ、忘れもしねえ……百五十人だ……その誰ひとり発見されとらんわ……」

「そんなに……海に流されたんですか……」

しばらくしてから、主人の持つおちょこが小刻みに震えだすのを俺は見逃さなかった。

「な、なあ……兄さんよ……考えるだけで、おかしくなっちまいそうだが……」

「……どうしたんですか？」

俺は何だか嫌な予感がした。

「戻らんかった百五十人は……奴らに連れていかれた……とは思わんか？」

俺の箸を持つ右手が止まった。

「ご主人……俺にはよくわかりませんが……」

「生贄だよ……そうに違いねえ！なんてこった！こりゃあ……えらいこった……」

主人の目が血走り、息が荒くなっていた。

俺は少し、気分が悪くなっていたので間をおくことにした。

「町にいる変な連中……あいつらも魚人と関係しているに違いねえ……」

「つまり……その魚人どもの仲間だと？」

「わからねえが、それにしちゃあ……人間に似すぎている……問題はそこだよ。なあ、よく聞いてくれよ」

俺は身を乗り出して聞いていた。

「実はな……俺は店に来たあの変な奴のあとをつけたんだ……時刻は確か、深夜近くでな……奴は神羅《しんら》岬《みさき》のほうへと歩いていった！俺が最初に魚人どもを見た近くだ！意外と早歩きでな……残念ながら、おいぼれの足じゃあ、追いつけず見失っちまったがな……」

「……どこへ消えたんでしょうね？」

「わからん……神羅岬《しんらみさき》なんて、もうごめんだ！昔から変わらず不気味な岩がごろごろしていて……俺は行かんぞ、あそこには！あんたもあそこだけは行ったらいかんぞ！ただでさえ、あの地は不吉だと言われ続けてきたからな！」

俺は静かに頷《うなず》き、深いため息をついた。

店内には張り詰めた空気が漂い、しばらくの沈黙が続くと思った矢先にがらっと引き戸が開き、ひとりの男が入って来た。

主人はその客の顔を見るなり、顔面蒼白になり口をつぐむと固まってしまった。

その客は表情ひとつ変えることなく、俺からふたつ離れた一番端の席に音もなく座った。

そして、じっと主人の様子をうかがうように見つめた。

俺は気づかれないように注意しながら、その男を観察した……紺のスーツを着て、黄色いネクタイ……季節に合わない黒い革の手袋をした……年齢不詳の独特な雰囲気を持つその男――中肉中背で髪は濡れたような縮れ毛……妙に四角い顔でまばたきひとつせず、口を半開きにして主人の出方を待っているように見えた。

「い、いらっしゃい……どうします……」

ぎこちない様子の主人は恐る恐る言った。

「瓶ビールを……」

男は耳に残る奇妙な鼻声だった。

俺の視線に気づいたのか男はこちらにゆっくりと顔を向けた……目が合った……大きなぎょろりとした目玉で俺をじっと見つめて――平べったいつぶれた鼻に垂れ下がった唇、黄色い肌はがさがさに乾燥して小さい吹き出物がフジツボのように覆いつくしていた。

こいつが……主人の言っていた妙な連中のひとりということがすぐに理解できた。確かに不気味な男だ。人間味が感じられない……それに、この町の雰囲気に合わないかっちりとした着こなしと革の手袋……なんだか、肌を見せずと隠しているようにも見えるな。

俺は落ち着かなかったのですぐに視線をそらし、残りの刺身を全部たいらげると席を立ち会計の合図を主人に送った。

「あ……兄さん……ありがとうございました！」

主人は男が瓶からグラスについだビールを飲むのを見計らって、会計を始めた。

「さっきの話……内緒ですよ……」

主人は帰り際に囁《ささや》き声で俺にそう耳打ちした。

その夜の取材はうわのそらだった。主人の突拍子もない話が気にかかっていたのか、鯛めし屋の取材もそこそこに、俺は神羅岬《しんらみさき》へ探索に出向こうと決めていた。

ただの酔っぱらいの戯言か、頭のおかしい老人の狂言か……しかし、俺はあの奇妙な男を見ている。あいつは明らかにどこかおかしい……どこか人間的ではない。それにしても、この近代文明でまさか今頃、魚人などと——

九十年代の謎の異常気象で大勢の行方不明者を出した後、奇跡的な復活を果たした町……活気に包まれている裏にうごめく得体の知れない何か。魚人に……そいつらに協力している住人、謎の取引、そしてあの人間もどきの奇妙な男……頭の中を順番にそんな文字が駆け巡った。まるで、あの主人の狂気が伝染したかのように。

俺は気分がすぐれなかったので、一度ホテルに戻り休むことにした。

ホテルの部屋の室内、革のソファに深々と座る……今日一日で、疲れがピークに達していた。明日はこの地を離れ、東京に帰らねばならない。その前に……どうしても確かめたいことがある——そうだ、浜辺の東、そこへ行って……時間はまだ……あ……る——お、お……どこだ、ここは何だ？何かが……人か？女だ——ぜ、全裸の女が俺に近づいて来る……とても豊満で……君は誰だ？俺が知らない女……何かがおかしい。は……彼女は灰緑色で全身、鱗で覆われている！顔は……よく見えない、ぼやけて見えない！俺の腕を掴み、海へと導いてくれる。一緒に泳いで、潜って……もっと奥へ、深海へ、奥底へ……ああ、海底に何かあるぞ！あれは何だ？遺跡のような……違う、もっと豪華で荘厳な建築物だ！神殿のような……おお、初めて見る奇妙な文字が刻まれている！キリル文字に似ているが……いいや、違うな！ああ！入口から大量に何かが出てきた！こっちに来る！人間じゃない、人間じゃない！あの主人が話していた蛙とヒラメを合わせたような顔の連中で海中はいっぱいだ！逃げないと！くそ、体が思うように動かない！息が苦しい！うわあああ！

は！ここは……そうか……俺は座ったまま……寝ちまったのか……夢、夢か……それにしてもリアルな悪夢だった……はあ……主人から妙な話を聞いたせいだ。

汗でぐっしょりと湿ったソファからそそくさと離れ、暗い窓の外を見つめた。魚人の話を聞いてから俺はもう以前の自分に戻れないような気がしていた。神羅岬《しんらみさき》には絶対行くなという主人の言葉は余計に好奇心を駆り立てた。何かに呼ばれるように、まるで憑《と》りつかれたように頭の中はそのことでいっぱいだった。

時刻は深夜二十五時半。俺はホテルから二キロほど離れた場所に位置する入り江の近くを歩いていた。定期的に聞こえてくる波が押し寄せる音。暗黒の海を眺めながら、黒い浜辺を東に向かってひたすら歩いた。五十分ほど経った頃に足場が柔らかい砂地から頑強そうな岩石がところどころ、突き出ている地面に変化していった。

その少し先に——無数の巨大な何かがあるのを確認した。暗くてよく見通せないが、ああ……あれは——少し早歩きになった。

そこにはさらに無数の……巨大な岩石がせり立っている異様な場所だった。漆黒で不揃いの岩石に大小はあったが、ほとんどがゆうに二メートルを超えていた。

それらの岩石は深夜の暗闇のせいもあって余計に黒々しく、不気味なことに角度を変えるとまるで人の顔のようにも見えて、その異様さに震えあがらずにはいられなかった。

波の音はとうに消えて、不気味な静けさが辺りを包み込んでいた。

俺は携帯電話を取り出し、そのディスプレイから放たれるかすかな明かりを頼りに岩石の隙間を身を縮めながら進んだ……脳裏に浮かぶ恐ろしい形相の主人と不細工な人間もどき、魚人の容姿が交互に浮かんできていた。

時折、岩石の間を風が吹き抜けるひゅうう……という音に心臓の鼓動が早くなるのを感じながらも自分の好奇心旺盛さを呪った。

注意深く辺りを見回していた俺は……岩石のひとつに大きなくぼみがあるのを見つけた……その根元に何かが置いてある。かがんで、近づきよく観察した。

明かりに照らされた――それはぼろぼろの石像だった。二十センチほどの人型で……あ、これは――

俺の呼吸は荒くなった。石像の頭の部分は絶対に人間ではなかった……経年変化であちこちが欠けてはいたが、明らかに違う……両生類、いや……金魚の顔に似ている何か――なぜ、これがここに……だが、よく考えれば別におかしいことではない。ただ単に、この土地の者が昔から崇めている神様のような存在で、狂信的な一派がいるだけかもしれない。あの主人も新参者の俺をからかっただけ……そう思うと、気分が落ち着いた。

生暖かい風が吹き抜ける……潮の匂いとは違う何か独特な生臭さが一帯を覆いつくした。同時にどこからか、囁《ささや》くような声と呻《うめ》き声が聞こえる。

俺は動きを止めて、音のする方向を確かめようとした。空耳ではない……風に乗って何かが聞こえたのだ……それとこの匂いは……漂ってくる方向に自然と足が進む。十メートルほど先は……行き止まりか……しかし、そこには――岩場に囲まれた地面に大人一人が通れるぐらいの暗い穴がぽっかりと口を開けて俺を待ち受けていた。近づけばたちまち吸い込まれてしまいそうな得体の知れない暗黒の穴が――

慎重に近づき、携帯電話のディスプレイのわずかな明かりで照らすと、すぐ真下に石段があるのを確認できた。

片足をおろし、注意深く底を覗いた。少しぬかるんだ石段……下まで続いているのか……今ならまだ、引き返せるが……あと少しだけ、もう少しだけ調べてみたい……一体、ここは何のために造られたんだ?

足元を明かりで照らし、階段から転げ落ちないように進んだ。十段ほどで、意外にも早く足が地に落ち着いた。

そこは……人工的に造られた洞窟だった。湿り気のある壁と潮風のために今にも消えそうな弱々しい松明《たいまつ》の火に彩られた一本の通路が……奥まで続いている。

さてと、ここから……は……聞こえる、あの呻《うめ》くような声が。まだ、進むか?自分に問いかけた。本当にこれ以上、進むのか?いいのか?しかし、今では恐怖より好奇心が完全に勝っていた。

両壁に掛かっている松明《たいまつ》……ぱちぱちという音が気にはなったが構わず進んだ。忍び足でゆっくりと慎重に。

徐々に大きくなる呻《うめ》き声と……耳を澄ませば、何やらわめく声も聞こえる。やはり奥からか……間違いなく誰かがいる——話し声、それも大勢の声がする……聞こえるぞ！

「……だごん……はいどら……」

何だ⁉何をわめいているんだ……行くぞ……もっと近くに。

進めば進むほど、はっきりと聞こえるようになっていた……声の主は大勢の男女で、何か呪文のようにも聞こえた。

「父なる……だごん！母なる、はいどら！その子らである深きものたち！我々、だごん秘密教団の協定は永遠である！そして、いつの日か復活を遂げるであろう偉大なる旧支配者くとぅるふに全てを捧げようぞ！」

一体何だ⁉だごん秘密教団……こいつらカルト教団か何かか？狂人どもの宴だ……こんな深夜にまともじゃない。

背後でひゅうっという音がして、松明《たいまつ》の火が激しく揺れた。俺は一瞬、息を飲んだ……それは外から侵入した強い風が洞窟内を駆け抜ける音だった。

落ち着け……神経質になっているだけだ……足音を立てずに慎重に進んだ。火が消えかかっていた……あのわめき声と呻《うめ》き声、うん？女性の呻《うめ》き声だな……続いて……聞いたことのない不気味な咆哮を聞いて、俺は初めて足が震えた。

何だ?今のは――恐る恐る、進んだ……主人の言っていた話は半分は真実かもしれない。

何かが……人間ではない何かがいる――

通路の奥は徐々に広がり、やがて明かりに照らされた広場のような場所が……人の姿が見える!女の悲鳴が聞こえて――俺はびくっとして壁の陰に身を隠し、かがみながらそっと覗いた。

そこは松明《たいまつ》に囲まれた円形の集会所だった。人が二十人ほどひしめき、全員茶褐色のフード付きローブという姿。

顔半分が隠れるくらいにフードを被っているために誰ひとり、まともに認識できない……そして、その中にはあの黒いスーツを来た人間もどきが数人いた。

中央には巨大な岩盤に仰向けで横たわる全裸の女性の姿が――

町の住人たちか?また、悲鳴……あの女はどうした?苦しそうだが……は!ま、まさか、生贄か……目をよく凝らして見ると女性の腹は酷く膨れ、今にもはちきれんばかりだった。

これから、何が始まるのか……女は力んでから定期的に息を吸って吐いてを……繰り返すばかり……明らかに出産の準備……その立会人か、こいつら……この土地には洞窟で出産させる風習でもあるのか？違うな……フードを被った連中は道を開け始めた。左側の奥から何者かが歩いてきたからだ。

俺はその姿を見て、心臓に杭を打たれたように衝撃を感じた。二足歩行の人型……の生物……な、何だ……あれは！灰緑色の生物がひょこひょこと……うわああ、ぬめった鱗に覆われたそいつは蛙とヒラメを合体させたような顔で……ぎょろりとしたまぶたのない巨大な両目、穴程度の鼻はあったが耳はない……大きく突き出た口だけは立派な……首には異様に長い三本のしわが目立つ……それが……う、動いてる……ああ、しわじゃない！あれは鰓《えら》だ……それにしても酷く醜い顔！おぞましいその生物は主人が話していたとおりの――俺は吐き気と同時に過呼吸になっていた。まずい、奴らに聞こえちまう……落ち着け……視線を離し、壁の陰でしゃがんだ。あの女のように息を吸って、吐いて……おさまれ……落ち着くんだ！

生臭い匂いが酷くなった……あの化け物の体臭か……気分が悪い……例えようのない何かが腐ったような酷い匂いが――

女の、まるで断末魔のような悲鳴……虫の息の俺はしゃがんだまま、そっと覗いた。

あの魚人が女に寄り添い、腕を優しく掴んでいる……よく見ればそのぬるっとしたごつごつとした手の指の数は俺たちよりも明らかに本数が多い……しかも、指と指の間に薄い膜のようなものが……あれは水かきなのか⁉

魚人と女……まさか……こいつらは――

女性の悲鳴が頂点に達し次の瞬間、赤子の産声がこだました。しばらくすると、魚人は女の股ぐらから、血まみれの赤子を抱いて……このあとにおぞましい光景が待っていた。

魚人はぎごちなく口を開け……細長い無数の歯を剝き出しにすると、へその緒を噛み切り始めたのだ。そしてことが終わると、さらに口の奥からナメクジのような肌色の長い舌がゆっくりと飛び出し、赤子に付着した血をずるずると長い舌で舐めまわし始めた。

赤子の顔や体は綺麗になったが、同時に確信に至った。

妙に四角い顔……赤子にしては大きすぎる、ぎょろりとした両目、よく聞けばおかしい犬の遠吠えのような泣き声――

そう、赤子は魚人と人間との混血なのだ。そいつらが成長し、町を人間ヅラして徘徊していたのだ――

もう十分だった……ここを離れなければならない、恐怖は限界を超えてもはや、心は空虚に近かった。

「へへへ！やっぱり、来ると思ってたよ！」
ふいに後ろから声がした――その瞬間に俺の後頭部に何か固くて重い物がぶつかり、激痛の後にしびれを感じると意識が……遠のいていった。

は……う……うう！後頭部に酷い……痛みが……まぶたを開けて……ぼんやりと……景色が……そうか……あの時、殴られたんだな……見つかっちまったな……あいつらに……ちくしょう！フードを被った連中が目の前に――やっと視界が冴えてきた……。

俺は先ほど、女が横になっていた岩盤に仰向けに寝かせられていた。しかも、全裸で。冷たい岩肌の突起部分が背中に食い込む。手足は……ロープで縛り上げられ、俺を取り囲むようにフードを被った連中と人間もどきが数人、見下ろしていた。

全身から血の気が引き、既に生きた心地がしなかった。

「俺の勘は正しかったよ！」

聞き覚えのある声――

「あんたあ、絶対に来ると思ってたよ！」

フードを取り払い、その者が姿を現した……皺だらけの顔、あの老人……真二郎という名の主人が！

　にやにやと不敵な笑みを浮かべて、俺を見下ろしている。

「驚いたかい？へへ……店での俺の迫真の演技は見事だったろう？兄さんは興味津々な様子だったから、絶対に来ると思ったよ！」

「この……嘘つきめ！」

「おっと、悪く思わないでくれよな！でもな、店で話したことは全部、本当なんだ！それにあんたにも非はあるんだ！大人しくしていればいいものを！」

「このグループは何だ？だごん秘密教団？あの化け物と取引なんかして……このひとでなしどもが！」

「仕方がないのさ……町のためなんだよ！三十年前のあの日に取引は成立した！ひとつは大勢の生贄を渡すこと！それと……もうひとつは兄さん？もう何かはわかってるよなあ？」

「……化け物と人間を交配させることだろう？おぞましい……吐き気がする！」

「魚人どもは陸では長く生活できない……だからさ、あいつらも考えとったんだ。混血を作ればいいんだと！新しい種の創造……へへ、素晴らしいと思わんか？」

　人間もどきのひとりが俺の顔を覗き込んだ……店に来た紺のスーツに黄色いネクタイの

奴だ——

「俺の息子だ！なあ、いいツラだろう？」

主人は得意げにそいつと肩を組んでそう言った。

俺はショック状態のためか、めまいがして手足がしびれ始めていた。

「魚人どもの女は意外にも豊満な体をしておる……しかも、秘部は人間の女とは比べものにならん！最高の蜜壺だ！俺と同じであんたもすぐに虜になるって！へへ！」

主人のいやらしい声が不気味に響いた。

「くそ！こいつをほどきやがれ！この狂人どもが！」

勝ち目のない俺のむなしい叫び声がこだました。

「この場でばらばらにして魚人どもの餌にしてやってもいいんだ……普段、奴らは魚介類で我慢しておるが、一番の好物は人肉だ……でもなあ、あんたあ若くて健康そうだ、きっと元気な子種を持っているだろうから……悪いこと言わねえ……観念しなって、なあ？頼むよ」

耳元でそう囁《ささや》く主人。

俺は岩盤の上で必死にもがいた。

「だから兄さん……死ぬことはねえ!受け入れなって!へへへ!」

ツカツカ、ペタペタ——何者かの足音。

群衆は道を開けるとその者を招き入れた。

独特な生臭い匂いが、また漂い始めた……むせて、せき込む俺の視界に何かが入ってしまった……決して見たくはない者が。

にじり寄ってくる……そして、遂に視界の中心に。

松明《たいまつ》のオレンジ色の明かりに照らされたむこう——灰緑色のぬめりのある体のラインが見えた。それは全裸の女性……鱗は当然あったが、くびれた腰に豊満なバスト……これまで見た女性の中で一番のスタイル。

ははは……俺は何を言っているんだ⁉もうまともな思考ができない状態だった。頭がどうにかなっていた。

素晴らしいボディラインの上にはやはり、あの蛙とヒラメをかけ合わせたような醜い顔が——生臭さと醜い顔がなければ、何とかなるかもしれない……え?自分の精神が完全に崩壊していくのを感じた。海底の奥底にある永遠と続く暗黒の裂け目に、ゆっくりと落ちていくように。二度と這い出ることのできないその裂け目へ。

俺は気づくと、狂ったように笑ったり泣いたりを繰り返すようになっていた。

彼女が近づいて来る——あの悪夢で見た彼女が——これは運命だったんだ⁉いひひひひひ！ははははは！う……うう！

主人もつられて、笑い始めた。

俺たちは笑いが止まらなかった。

おお、なんて素晴らしい体だ！そそられるなあ！いひひひひ！はははははは！ううう……う！

今、彼女が俺の目と鼻の先に——

戦慄のメア

記憶が蘇った時、それは
結末ではない。始まりなのだ。

―1―

意識がもうろうとする。目をゆっくりと開けるとぼんやりと人の顔が浮かび上がった。顔の数は一、二、三……全部で五人？　わたしの顔を全員で覗き込んでいる。

ああ……意識がはっきりとしてきた。木造の室内、ここはいったいどこかしら？　男女含めて五人いる。わたしは上半身を起こそうとした。

「まだ、起き上がらんほうがいい」

優しい口調で赤ら顔の男性が言った。歳は五十代後半から六十代前半てとこかしら。人懐っこそうな笑顔。白髪で、鼻の下と顎に白い髭をたくわえている。どこかで見たことがあるような――そうだわ。カーネル・サンダースに似ている。アメリカの田舎町にいる典型的な初老の男性。もう一人は、同じような年代の女性でやはり白髪。隣の男性と雰囲気は一緒ね。違うのはただ、わたしを凄い大きな目で覗き込んでいることかしら。

その隣にはかなりの鷲鼻でボストンフレームの眼鏡をかけた男性。白髪の男性より少し若い感じ。眼鏡をしきりにいじくりまわしてわたしを見ている。それから割と若い男女。鷲鼻の男性の後ろで不安そうな様子の二人。二十代後半ぐらいかしら。二人とも髪はブロンドで顔はソバカスだらけ。男性が女性の肩に腕をまわすと女性はうっとりとした様子で男性にもたれかかり腕にフレンチキスをした……この二人、付き合っているんだわ。

全員素朴な感じでどちらかというと都会的ではなかった。若い男女はジージャンで揃え、鷲鼻の男性は赤いネルシャツにジーンズ、同じような年代の白髪の二人は……男性のほうは薄汚れた作業着のような服装で、女性は古びたワンピースに花柄のエプロンをかけている。

「ねえ、あなた……本当に大丈夫？　ほら、お水よ」

白髪の女性が目を大きく見開いて言った。優しい口調だが早口。

わたしの口に水が入ったコップがゆっくりと近づく。唇と喉が乾いている……。上半身をゆっくりと起こす。首を支えてくれる白髪の男性。

わたしは水を喉に流し込んだ。ああ、美味しい。まるで初めて口にするような感じで一気に飲み干した。口のまわりの水滴を丁寧に拭き取ってくれる白髪の女性。

「ありがとう」

わたしがそう言うと、彼女はにっこりと微笑み返す。

部屋を見まわした。狭い室内だが居心地がいい。柔らかいベッド、年代物の洋服ダンス、クローゼット、机……窓はひとつあり、陽光が差し込み、開けっぱなしのために風で栗色のレースが揺れていた。何だか、すべてが瑞々しい。この体もこの部屋も人々も。わたしはまるで生まれたてのような気分だった。自分の体を見ると服はしっかりと着ていた。緑色のチェックのネルシャツにジーンズ。ピンク色の靴下まで履いている。

「ごめんなさい。服はボロボロだったから勝手に取り替えさせてもらったわ」

わたしの様子に気づいたのか白髪の女性がそう言った。

服がボロボロ？　いったい何故？　そういえば、わたしは何故ここに？　急に不安が押し寄せてきた。

「わしの名前はハリーだ」

白髪の男性がそう言って、困惑しているわたしに握手を求めてきた。

ごつごつした手を握り返すわたしは不安でいっぱいだった。誰かに助けて欲しかった。

「ええと……わたしは……」

自分の名前を言おうとして、取りあえず言葉を発した。

「私はポーリーよ！　この人の妻！」

間髪入れず白髪の女性が早口で言った。

やっぱり。最初からそんな気がしていた。だって雰囲気がハリーとぴったりだもの。わたしはうまく言葉が出てこなかった。

「俺はニックってんだ。よろしくな」

鷲鼻の男性が言った。がらがらの声で粗野な感じだった。

「僕はジョナサン。そして」

ブロンドの男女が自己紹介を始めた。女性のほうはちょっと恥ずかしそう。

「スーザンです。よろしく」

若くて感じのよい二人。わたしの名前は――全員が自己紹介を待っていた。

だめ。うまく言葉が出てこない。自分の名前が思い出せない！　不思議そうな顔でわたしを覗き込む人々。ジョナサンとスーザンはわたしのほうをちらちらと見て、お互いに小声で何かを言い合っている。

わたしは必死に声を出した。

「あ、あの」

全員が注目している……もうだめ……みんなに言わなくちゃ！

「わたし、自分の名前が思い出せないんです！」

ハリーとポーリーは顔を見合わせた。

ニックは眼鏡をいじくるのをやめた。しばらく部屋に静寂が訪れた。

「……本当に？　本当に自分の名前がわからないのかい？」

静寂を破ったのはハリーだった。

わたしは何度もうなずいた。

「ええ！　本当なんです！　それに……ここがどこで何故ここにいるのかも！」

「じゃあ、昨晩のことも？」

ポーリーがさらに目を大きく見開いて言った。

「ええ、何も！　何も思い出せない……嫌だわ。わたし」

住人たちは顔を順番に見合わせた。それからポーリーが全員を輪にしてヒソヒソと話し始めた。聞こえない……何を話し合っているのかしら？

「まいったな。記憶喪失ってやつかい？」

ニックががらがらの声で言った。

ジョナサンとスーザンは楽しそうにわたしを見ていた。

「ここはウッズミントンという小さな田舎町よ。あなた、こんな所でいったい何をしていたのかしら？」

ポーリーは笑いながら言った。

こっちが聞きたいぐらいだわ。わたしは何をしていたの？　ウッズミントン？　何故ここにいるの？　聞いたことのない町だわ。

「今日の早朝、倒れていたんだ。町の入口でな」

と、ハリー。

わたし……倒れていた？　あ……頭が痛い。ズキズキする……この偏頭痛は……何かがおかしい。

「大きな怪我がなくてよかったよ。この町には医者もおらんし……もっとも、わしは医者嫌いだがね」

ハリーの声が妙に響いた。

わたしの顔を覗き込む住人たちの顔を見ていると何故か漠然とした不安に駆られたので再び横になった。

「ゆっくりと休みなさい。そのうち、何か思い出すかもしれん」

ハリーが優しく言った。

ポーリーは両手を合わせて二回、パン！　パン！　と叩いた。

「さあ、皆さん！　見世物じゃないのよ！　さあ、さあ！」

ニックはわたしの肩にそっと手を添えた。

「俺はこの向かいの家で食料品店をやっているんだ。元気になったら寄ってくれよな」

「ありがとう。ニック」

だるそうに部屋から出て行くニック、ジョナサン、スーザン。

「さてと、わしも仕事に戻らねばな」

ハリーはそう言うと立ち上がり、わたしに軽く会釈をしてからゆっくりと出て行った。

わたしは深いため息をついた。

「まあ、あまり思いつめないほうがいいわ。美人が台無しよ。私、隣の部屋にいるから。何かあったらいつでも呼んでちょうだいね！」

ポーリーのその言葉にわたしは深くうなずいた。目蓋が重い。よほど疲れているのか、猛烈な睡魔に襲われ始めていた。

ポーリーはわたしのほうを一度振り返ってから笑い、部屋から出るとドアを閉めた。

外からは犬の吠える声が聞こえていた。猛烈に吠えている……犬がいるんだ。誰が飼っているのかしら。元気になったら外に出てみたいわ……そう思っているうちに意識が遠のいていった。

―2―

どれくらい眠っていたのかしら。だいぶ、気分がよくなったわ。まだ頭がぼうっとするが体を起こして行動しないと。わたしはジーンズのポケットをまさぐった。空っぽだ。そうだわ。ボロボロだったから取り替えたってポーリーが言っていたわ。わたしの財布や持ち物はどこかしら。

部屋の中を見まわす。ここにはなさそうね。ベッドの脇に古びた黒い革のブーツが置いてある。ポーリーが用意してくれたんだわ。サイズは合うかしら。ちょっと大きいわね。ああ、机の上に小さなハンドミラーがあるわ。そうだ、わたしの顔……さっきは驚かせたくなくて言わなかったけど本当は自分がどんな顔だったのかさえ、覚えていなかった。ブーツを履き、恐る恐るハンドミラーを手に取り覗き込んだ。

これがわたし――まず目に飛び込んできたのは燃えるような赤い頭髪。ちょっとがっかりね。赤毛は不吉。スーザンみたいなブロンドがよかったのに。ミディアムのストレートで赤毛、面長で白い肌、少し吊り目にブルーの瞳。高い鼻、唇はぽってりとしている。歳は……二十代前半てとこかしら。

不思議……まるで他人を見ているみたい。これがわたし。鏡を見ながら自分に問いかけた。あなたはいったい誰?

部屋を歩きまわり、体と洋服ダンスを比べた。わたしの背は……五フィートと少しくらい。割と小柄ね。

外から犬の吠える声がまだ聞こえていた。開けっぱなしの窓を覗く。日差しがわたしの瞳を照らす。風で葉のざわめく音があちこちで聞こえる。木で隠れてよく外が見えなかった。まわりは森で囲まれているのかしら。ここからでは町の様子はよくわからない。風が運んでくる緑の匂い。この土地独特の匂いかしら。ああ、犬の吠え声にまじって鶏の鳴き声が聞こえる。ちょっとした農場でもあるのかしら。動物は好き。早く外の空気を吸いたいわ。わたしはドアを開け、部屋を出た。

―3―

家の中は思ったよりも広かった。居間には緑の大きな絨毯が敷かれた床に年代物の家具、くたびれた革のソファ、大きなテーブル、暖炉があった。奥にはキッチンが見える。わたしがいた部屋のすぐ横に二階へと続く階段があり、その横はバスルームになっているようだった。階段の脇に大きな古時計があり、針は二時を指していた。

もう、そんな時間……鼻歌が聞こえたのでキッチンを覗くとポーリーが忙しそうに動きまわっていた。

キッチンの反対側には薄汚れた大きな窓がふたつあり、その間には広い玄関があった。窓際の机には写真立てと蝋燭がいくつか置いてあり、色あせた写真の何枚かは家族で写っているものと思われた。

わたしは足を止め、まじまじとその家族写真を見た。中年の男女と子供達。ハリーとポーリーの若い頃なの？　顔が別人だった。子供たちはもう町を出たのかしら？

「あら、あなた、もういいの？」

突然、話しかけられてびくっとした。ポーリーだった。目を大きく見開いて首をかしげている。

「ええ……おかげさまで、やっと少し元気に……」

ポーリーの目線はわたしの顔から写真に移った。

「若い頃の写真ですか？　お子さんたち、今は？」

わたしは丁寧に言った。

「もうとっくにいないわよ。こんな田舎じゃ仕事もないし……それよりコーヒーでもいかがかしら？」

ポーリーは何故か話をそらした。わたしはのんびりとしてはいられなかった。漠然とした不安がいつもあった。

「ありがとう。でも今は遠慮しておきます」

ポーリーは嫌な顔ひとつせずにっこりと笑った。

「ブーツのサイズはどうかしら？」

ぶかぶかだと言ったら悪いと思いぴったりだと答えた。ほかにも聞いてみたいことがあった。

「ねえ、ポーリー。わたしが前に着ていた洋服に何か入っていなかった？　持ち物とか……そう、免許証でもあればわたしが誰かすぐわかるのに……」

「服は汚れていたし破れていたから燃やしてしまったわ。あなた、何も持っていなかったわよ」

ポーリーはキッチンに戻り、冷蔵庫を開けて中を覗きながら言った。

燃やした……わたしはそんなに酷い格好だったのかしら。

「わたし、町の入口で倒れていたんでしょう？ その前にどこかで襲われて身ぐるみ剥がされて捨てられたんじゃないかしら？ その上、殴られたショックで記憶が……」

ポーリーは大量のじゃがいもを水で洗いながら、くすくす笑った。

「随分と想像力豊かなのね。体のあちこちを見たけど、どこにも怪我はなかったわ。頭にもこぶひとつありゃしない」

わたしはため息をついた。

「とにかく、怪我がなくてよかったわ。お医者様のやっかいにはなりたくないものね。私、医者は大嫌い」

ポーリー……ハリーと同じことを言っている。わたしはぼうっとそんなことを思っていた。

外の空気を吸いたい……わたしは玄関のほうを向くと歩き出した。その時、窓の外に何かの物体が――長い黒々とした髪で……ああ、人の顔ね――その長い髪で顔の半分が隠れた……丸顔の男性……かろうじて確認できる両目はわたしを見据えていた。胸がどきどきしていた……目が合って思わず、「ひっ！」と声を発するわたし。

ポーリーが一目散に飛んできた。

「こら、ボビー！ ちゃんと納屋を見張りなさいよ！ あんたの仕事よ！」

そうポーリーに怒鳴られたボビーという男性は子供のように驚き、一目散に走って消えてしまった。

「ボビーったら。こんな所で油を売って！」

ポーリーはまだ怒っていた。

「あの……今のは？」

わたしは少し動揺しながら言った。

「ボビーよ。少し変わっているの。相手にしないほうがいいわよ……これで住民全員に会ったわね」

わたしは深呼吸してから玄関のドアノブに手をかけた。

「じゃあ、ポーリー。少し散歩に行ってきます」

―4―

外に出ると日差しと風がわたしを包み込んだ。緑のいい匂い。耳をつんざく犬の猛烈な吠え声。木の幹に首輪を鎖でつながれた漆黒の毛のシェパードがわたしを激しく出迎えてくれた。よだれを垂らし、わたしを睨みつけて吠え続けている。とても撫ぜるどころではなかった。怒りに燃えるその姿にわたしは身震いした。

「まったく、昨日からずっとこの様子だよ……狂犬病にでもかかっちまったのかねえ！」

すぐ横から声がしたので見るとハリーがボロボロのガレージで古い車のボンネットを開けて工具でいじくりまわしていた。

わたしはハリーに微笑み返すと歩き出した。

家の前には白い柵があり、その向こうには車一台が通れるぐらいの狭い舗装されていない道があった。ポーリーとハリーの家……を見上げると背の高い青々とした葉をつけた木々に囲まれていた。

風で葉のざわめく音。この辺り一帯は森に囲まれ、避暑地という言葉がぴったりだった。道を挟んだ正面に、あばら屋が見えた。入口のドアの脇に錆びて薄汚れた看板が立てかけてあり、『ＯＰＥＮ』と記してあった。あそこがニックの食料品店ね。

わたしは柵を抜け、道に出た。食料品店を正面にして右の道の奥は森で行き止まりになっていて、その手前に二階建ての家が何軒か見えた。窓という窓はベニア板で塞がれ、もう人が住んでいる気配は感じられなかった。

人の視線を感じたので振り返った。ハリーはボンネットの中に上半身を入れて顔だけこちらに向けていた。一階の窓からは……ポーリーが笑いながら手を振っていた。何だか常に監視されているみたい……仕方ないわね。わたし、新参者でしかも記憶をなくして倒れていたんだもの。この狭い町にはひさしぶりの事件だったのかもしれない。そう自分を納得させた。

ニックの食料品店を通り過ぎ、道を左に進んだ。しばらく青々とした茂みが続き、少し離れた場所にある荒れた芝生の上……薄汚れたトレーラーハウスがあった。手入れをしていないのか茂みから伸びた蔦がトレーラーハウス一面に絡みついていた。

目の前まで行くとドアが開き、ジョナサンが現れた。

「やあ、もういいのかい?」

わたしは立ち止まった。

「ええ、だいぶ気分が良くなったわ。ありがとう」

ジョナサンは何故か悪戯っぽく笑った。

「何か思い出せそうかい？」

「いいえ……まだ、何も……わたし、しばらく歩きまわってみるわ。何か思い出すかも」

トレーラーハウスを後にして、とぼとぼと歩き出した。振り返るとジョナサンの横にスーザンがいた。二人は寄り添ってわたしを見ていた。第一印象とは違った感覚。あの二人はこの町には何となく不釣りあいだわ。こんな田舎町に……あの二人まだ若いのに。ここで何をしているのかしら。

もう一軒、家が見える。ボロボロの小屋で……あ！　あの人だわ。ボビーと呼ばれていたその男性が小屋の前の木製の長椅子に座っていた――彼が巨体だということは一目瞭然で長椅子が小さく見えるほどだった。肥満体型で汚れたTシャツに破けたジーンズを履いている。

わたしが近づくとボビーはゆっくりと立ち上がった。思ったとおりだわ。身長は七フィート近いわね。大きい！　年齢は不詳ね……それよりなんて太い腕なの。まるで丸太だわ。わたしを無表情でじっと見つめている。敵意は感じられなかったが目を合わせづらかったので、散策をしているふりをした。

ボビーの小屋から道を挟んだ反対側を見ると荒れ果てた畑があった。ここで住人たちは自給自足をして暮らしているのかしら。その先をさらに見ると木の杭の上に朽ち果てた板が貼ってあり、かろうじて読める文字で『ウッズミントンへようこそ』とあった。

わたしはあの周辺で倒れていたのね。だめ……何も思い出せない。入口の先はうっそうとした雑木林が広がっていたが道はつながっており、すぐ近くには雄大な山脈が立ちはだかっていた。

ボビーの目の前まで行き、わたしは立ち止まった。こちらをじっと見つめているボビー。小屋の後ろには古びた納屋があり、その入口の大きな扉をまるで隠すかのように折れた枝や干し草が積まれていた。そして、納屋の隣には塗装が剥がれ錆だらけの赤いシボレーが無造作に置いてあった。

「こんにちは……」

思い切って、ボビーに挨拶をした。

彼は無表情で立ったままわたしを見下ろし、無言だった。聞こえているのかしら？

「ねえ、わたし、あの入口で倒れていたみたいなんだけど、あなた何か知らない？」

わたしは話し続けた。まるで独り言のように。

ボビーは瞬きひとつしない。話が通じているのかしら。わたしもじっとボビーの顔を見つめた。一瞬だが不思議な感覚に陥った。懐かしいような――しばらくして、ボビーは首を横に振った。これが返事なのかしら。あ、そうだわ。さっきポーリーが彼に納屋を見張らなきゃだめって怒っていたわね。

わたしは興味本位で納屋に近づいた。

「俺……見張っているから……」

初めて……ボビーが口を開いた。

「え？」

わたしは思わず聞き返した。

「俺、見張っているから……大丈夫だから……」

ボビーはかすれた声でそう続けた。

わたしは何となく不安になったので、後ずさりしたままボビーから離れた。わたしが遠くに行くと彼はまたその巨体を長椅子に下ろした。

さっきのあの不思議な感覚はいったい？　それにしても、何があるのかしら？　あの中に。

―5―

ひととおり、町を見てまわったわたしはニックの食料品店で休んでいた。食料品店といってもしわくちゃの古びた袋に入ったポテトチップスとビーフジャーキーがあるだけでそれらが棚に無造作に並べてあった。また、レジの横に土産用か何かの出来の悪い埃にまみれた小さな木彫りのトーテムポールが数本だけ並んでいるのを確認できた。

この店はどうやら、食料品店として機能していたのはもう、とうの昔のように思えた。

ニックはくちゃくちゃとビーフジャーキーを噛みながら眼鏡をいじくっている。

店の奥には網戸があり、裏庭を歩きまわる鶏の姿が見えていた。

ニックは話し出すと最初の粗野な印象と違って、とても気さくだった。

わたしにビーフジャーキーをひと切れ差し出すニック。

「ごめんなさい。なんだか食欲なくて」

「構わんよ。記憶喪失だなんて、あんたもついてないな！」

ニックは笑いながら言った。

わたしは店内の椅子にもたれた。

「変な感じなんです……まだ、頭の中がぼうっとして……それとあのボビーって人、会ったことがあるような」

わたしは頭の中で住人たち全員の顔を順番に浮かべた。何か、ひっかかる。ボビーだけじゃない。前から知っているような……だめだわ。思い出せない！

「ねえ、ニック。この町にはみんな長いの？」

ニックは眼鏡をいじくるのをやめて、わたしをじっと見つめた。

「そうさの……気が遠くなるほどね……」

そこで言葉を切ってしまった。

わたしはぶしつけだと思ったが、もうひとつ質問してみることにした。

「あの……ニック、ずっと一人で暮らしているの？」

ニックの表情は一瞬、固くなったがすぐに笑顔に戻った。

「俺はいい連れ合いをもらったよ。もう何年になるかな。あいつが亡くなってから」

「ごめんなさい……わたし、余計なことを」

ニックは笑いながら、手を横に振り、また眼鏡をいじくり始めた。

「かまわんよ。もう、昔のことだよ」

わたしは考えていた……ジョナサンとスーザンのことは何か知っているのかしら？

「あの二人はこの町でずっと暮らしているの？」

ニックは眼鏡をいじくるのをやめて、少し考えている素振りを見せた。

「……ああ。まあ、そんなところだな」

おかしい……はっきりと話してくれない。

わたしが新参者だから？　信用できないのかしら。それとも何かを隠している……。そうだわ。あの納屋のことを聞いてみよう。

「ねえ、ニック。あのボビーが見張っている納屋の中って……」

言い終わる前に外で乱暴に車を止める音がした。ニックを見ると顔が険しくなっていた。

慌てて外へ飛び出すニック。わたしもあとに続いた。

―6―

店の前にはこの町では見かけなかった4WDが止まっていた。道の向こうにはハリーとポーリーの姿。ジョナサンとスーザン、ボビーは道の中央に立っていた。住人全員の顔が不安そうだった。明らかに何かを恐れている。わたしも何だか不安になった。心臓の鼓動が激しくなっていく。

4WDから現れたのは二人の男女だった。まだ若く、少しだらしない感じがした。デニム素材のショートパンツに白いタンクトップの女性はブルネットの髪をなびかせ町を見まわしている。その隣には白いTシャツにジーンズ、カウボーイハットをかぶった男性が。

「ハーイ！ 皆さん！」

男性はルートビア片手にわめいた。

住人たちは無言だった。

「俺たち、マサチューセッツから旅に出たんだけど、ナビが故障しちまってさ！ 迷っちまってね。ここから隣町までどのくらいあるのかねえ！」

男性はさらに大きな声でわめいた。

女性のほうは男性についていけないという表情で携帯電話をいじっていた。

「……ちょっとここ、電波の入り悪いわよ」

「この町は宿とかあるの？　俺たち腹も減って――」

「この町には何もないわよ！　早く消えてちょうだい！」

ポーリーが男性の言葉をさえぎるようにして怒鳴った。

わたしはポーリーの態度に異変を感じた。いや、待って……他の住人たちの様子もおかしい。この町に人を入れたくないんだわ……。

ブルネットの女性は口をぽかんと開けている。

男性は眉をひそめ、明らかに苛ついている様子だった。

「随分とお優しい歓迎じゃねえかよ。え？　俺だってこんな退屈な町にいたかねえや！」

ルートビアの缶を地面に捨てる男性。

住人たちは少しずつ、確実に４ＷＤににじり寄っていた。

わたしは胸の鼓動がさらに早くなっていくのを感じた。

女性は慌てて、ドアを開け中に入った。明らかに怯えている様子。

「ねえ！　もう行こうよ！　この人たち、なんかおかしいよ……」

ボビーは両手を握り締めてさらに近づく。

男性は不満そうに４ＷＤのドアを乱暴に開けた。

「これだから田舎は嫌いなんだ。ちっ！　また山道に戻るのかよ……」

助手席から女性が身を乗り出した。

「ねえ！　さっき見たあの変な建物……あそこに入ってみようよ！」

ニックがその言葉に反応した。

「この辺りには何もないぞ！」

男性は道に唾を吐いてニックを見据えた。

「さっき見つけたんだよ。麓の小道の奥に……妙な建物をなあ！」

「あそこに入っても何もないし、誰もいないわよ！」

ポーリーの叫び声がこだました。

わたしは住人たちの顔色をうかがった。みんな何があるのか知っているの？　スーザンまで怒りに満ちた表情。彼女の手を固く握り締めるジョナサン。

ニックは眼鏡をずらして、男女を見据えていた。

男性は顔をしかめた。

「ああ、廃墟って訳ね？　好都合だよ。こんな変人だらけのしけた町より、あそこの建物で一晩過ごしたほうがいいよ！　なあ、ハニー？」

男性は女性にそう言うと中に入り乱暴にドアを閉めた。

住人たちの顔は不安と怒りがまざりあった奇妙な表情だった。

激しいエンジン音が響き渡り、４ＷＤはバックで砂埃を上げながら町の入口へと戻っていった。

わたしたちは４ＷＤを目で追った。

ポーリーはボビーの傍に行き、何かを指図していた。何度もうなずくボビー。何を話しているの？　ポーリーの顔は怒りに満ちていた。

「ほら、早く行きなさい！」

慌てた様子で歩き出すボビー。

わたしは言いようのない不安に駆られていた。山の麓の建物って……何かしら？　考えると少し偏頭痛がした。何故、そんなにその建物に入って欲しくないのかしら？　この人たち、何かを隠しているわ……ボビーの背中を見つめていたわたしはある決心をした。

―7―

住人たちにボビーをつけていることを悟られたくなかったので、町を散策しているふりをして、かなり離れた距離からボビーを追った。

どこへ行くのかしら？　あ、長椅子には座らず、曲がった。納屋に行くのかもしれない。

わたしは荒れ果てた畑を眺めているふりをしてそっとボビーを横目で追った。

納屋には行かず、赤いシボレーに乗り込むボビー。わかったわ。あの男女を追うつもりなのね……でも、彼らに追いついたらどうするつもりかしら？　まさか、町に連れ戻す訳じゃ――甲高いエンジン音がしたかと思うと荒々しい運転で町の入口へと走り去ってしまった。

これから、どうしよう？　ああ、でも彼がいなくなったから、納屋をこっそり覗いてみようかしら？

わたしはまず、小屋に向かうことにした。その時、後ろに人の気配が――

「ねえ、何してるの？」

その甘い声でわたしは慌てて振り向いた。まったく、この町の住人たちは人を驚かすのが好きなのかしら。スーザンが両手を後ろで組んで悪戯っぽく笑っていた。わたしをまっすぐ見つめる目。何だか落ち着かなかった。わたしは目を伏せて地面を見つめた。

「ええ、あの……歩きまわったら、何か思い出すかもと思って……」

「あの納屋に行こうとしたんでしょう?」

スーザンは微笑みながら言った。

「ずっと、あなたのこと見ていたのよ……ずっとね」

スーザンは近づいて、わたしの顔を覗き込んだ。

新参者で記憶がないわたしはすっかり注目の的ね。

「ねえ、スーザン。わたし……」

「もちろん、あなたには感謝しているわ」

感謝って……何のことか身に覚えがなかった。スーザンの顔がすぐ傍まで近づいていた。

「でも、私たちとここで一緒に暮らすのも悪くないわよ?」

わたしは混乱していた。

「え? わたし……」

スーザンはわたしの手を取り、茂みに連れて行った。わたしの両手を握り締めるスーザン。手に力が伝わってくる。わたしはどうしていいかわからずうつむいていた。

「記憶なんて……そのままでいいのに……」

そう言ってわたしの頬を両手で触るスーザン。顔を上げた。わたしは彼女の顔を見つめた。その顔は紅潮し、うっとりとしていた。

「あなた、近くで見るとお人形さんみたい……本当に可愛い……」

甘ったるい声が響き、彼女の濃厚な吐息が振りまかれる……そして、そのぽってりとした唇がゆっくりとわたしの唇に触れた。思わず、のけぞるわたし。にじりよるスーザン。この人、おかしい……わたしは茂みから出ようともがいた。

「待って……私の、私のお人形さん……」

様子がおかしい……明らかに。

わたしは怖くなって道へ飛び出し、小走りでトレーラーハウスまで行った。振り返ると、スーザンの姿はなかった。胸をなで下ろし、トレーラーハウスに寄りかかった。

ドアが開き、ジョナサンが現れた。彼はすぐに、わたしの異変に気がついたようだった。

「……どうかした？」

わたしはどう言ったらいいか、わからなかった。

「いいえ……彼女が、スーザンがね……」

ジョナサンの様子が急変した。

「妹が……ど、どうかしたのか？　どこにいる？」

妹……わたしは大きな勘違いをしていた。スーザンは妹だったのね。でも……まるで本当に恋人たちに見えたわ。

「あっちの茂みに……わたしをお人形さんって言って……」

ジョナサンは狂気じみた表情になった。

「スーザン！　スーザン！　出ておいで！」

わたしはびくっとした。一見、まともに見えたジョナサン。でも何かがおかしい……道を見るとスーザンがふらふらと歩いていた。叫びながら、駆け寄るジョナサン。

「ああ！　可哀想なスーザン！」

道の中央で抱き合う二人。スーザンはジョナサンの腕の中に顔をうずめた。

「私のお人形、あそこに置いてきた！　いつも一緒だったのに！　ねえ、取ってきて！　取ってきて！」

そう叫ぶスーザンは明らかに情緒不安定だった。

わたしはトレーラーハウスから離れることにした。この騒ぎで他の住人たちも見物に来ていると思ったが、道には他に誰もおらず、あのシェパードの吠え声だけが響き渡っていた。

わたしはとぼとぼと道を歩きながらある思いにふけっていた。スーザン、ジョナサン、それから、ボビーにポーリー。変わっている人ばかり。男女二人を追い出しにかかった時のポーリーの顔とわたしを見つめるあの大きな目。ニックはまともに見えるけれど……いや、眼鏡をやたら触ってばかりでどこか落ち着かない。人は外見ではわからない。どうしよう……嫌な考えばかり浮かんでくるわ。

わたし、ひょっとして、事故か殺人にでもあってもう既にこの世の人ではなくなっているのかもしれない。

ぞっとした。そして、ここはあの世……だから記憶がないんだわ。ここは天国と地獄の狭間……煉獄といった所かしらね。わたしは頬をつねった。何を言っているの！　わたしは。ここは現実。しっかりしなくちゃ！　そうだわ。ハリーはきっと唯一、この町でまともな人かもしれない。あの人なら信用できそうな気がする。納屋のことも聞いてみよう。

―8―

ハリーは相変わらず、ガレージにいて車と格闘していた。まだ、シェパードは吠えていた。まったく……疲れないのかしら。わたしが近づくとさらに激しく吠えた。ハリーのまわりには修理道具が散乱し、車の下に潜って両足しか見えていなかった。

わたしの足音で気づいたのだろう。彼の動きが止まった。

「すまんが、そこのレンチを取ってくれんか……赤いやつだ」

赤いレンチ……ああ、これね。わたしはレンチをハリーの足元に差し出した。体をずらし、右手で受け取るハリー。

「ありがとう。このポンコツはなかなか修理しがいがある……」

わたしはその場にしゃがんだ。

ハリーはまた車の下に潜った。

「……それで、どうだね？ 何か思い出したかね？」

「いいえ……でも、不思議なことにこの町の人たちのことは前から知っているような気がするわ」

ハリーのため息が聞こえた。

「気の毒に……わしが変わってやりたいぐらいじゃよ」

優しい言葉……他の住人たちとはやっぱり違うわ。わたしは納屋のことを聞いてみたかった。

「ねえ、ハリー。あのボビーが見張っている納屋……あの中に何があるの？」

ハリーはまた、動きを止めた。

「みんなは反対するだろうが……自分の目で中を見てみるといい」

……いったい、何があるというのか。あの納屋に。

「ここで我々がこうやって生活できるのもあんたのおかげだ……」

ハリーはそう続けた……レンチを床に置いたのか響き渡る金属音。その音で余計にびくっとした。わたしのおかげ？どういう意味なの？　スーザンもわたしに感謝しているって言っていたわ……わたしのこと、知っているんだわ。何故、言わないの？　わたし、本当はここの住人なの？　わからない、頭の中が混乱して……ああ……また偏頭痛が！

「ニックの店の隣にある茂み……あの裏から行きなさい。そうすれば目立たず、納屋にたどり着くことができる」

数分後……ハリーの助言どおり、裏道から茂みの中を抜けて進んだ。身をかがめ、注意深く進んだ。蔦が足に絡みついて歩きづらかった。あちこちで聞こえる鳥のさえずりが何故か不吉に感じた。これから見てはいけないものを見に行くようで、心臓の鼓動が早くなっていく。

トレーラーハウスの裏辺りに来たようだ。もう、あの兄妹には会いたくない。もう少しであの納屋よ……小枝を踏んでしまったようでパキッという音。気をつけなければ！　納屋が見えた。そうっと木の間から覗いた。あの赤いシボレーも小屋の前の……ボビーの姿もない。今のうちに——

忍び足で納屋に近づくも音をまったく立てずに進むのは至難の業。わたしはブーツを脱いで茂みの中に置いた。靴下で地面を歩く。ブーツで歩くよりは音を軽減できるはず……折れた小枝や小石が足の裏に食い込んだ。その度にわたしは顔をしかめた。慎重に進まなければ。この町で今、わたしがこうやって納屋の中を覗こうとしているのを知っているのはハリーだけだ。彼の考えはよくわからないが、他の人たちより信用できそうな気がした。

納屋の扉の前に来たわたしは厳重に積まれた干し草をそっと取り払い、枝を一本ずつどかした。時折、作業をやめて辺りの気配をうかがった。扉に顔を近づけた。何か——小さな音が聞こえる。わたしは扉の取っ手をゆっくりと手前に引いた。

心配していたような大きなきしむ音はしなかったが、その代わりにブーンという耳障りで小さな音が無数に聞こえ始めた。

わたしはさらに扉を引いた。思わず顔をしかめるほどの強烈な腐臭と……蝿が数匹、顔の横を飛んでいった。丁度顔が入るぐらい隙間から――目に飛び込んできたのは、無数の蝿が集う物体だった。

それは――動物の死骸ではなく、人間の……死体だった。しかも、一体ではなく藁の上に数体、無造作に何段も積み上げられていた。わたしは吐き気を催しながら、涙目でこの光景を眺めていた。何て酷い……。幸い子供の姿は見えなかった。皆、男も女も老人ばかり……。さらには凶器だと思われる農耕具が置かれていた。血がべったりと付いたくわ、草かき、レーキ、シャベル、草削りかま、ああ！　酷いわ！　植木ばさみまで……死体には無数の切り裂かれたような傷、浅いものから致命傷になり得る深い傷まで……血が固まりかかって赤黒く……。全身に鳥肌が立った。

共通しているのは全員が全身を酷く切り刻まれていること……さらには首元を切り裂かれ、両目をえぐられた者まで！な、何て人たちなの……きっとこの町で争いごとがあって住民が殺しあったんだわ。きっとそうよ！　でなければ、あの若い男女のように町に入れたくないため、殺したとか……。あ、あまりにも酷い！惨すぎるわ……人間のすることじゃない！　でも何故なの！　ハリーはどうしてこれを見せたかったの？　町の人たち、このことをわたしに隠していたんだわ！　こんな殺し方！　まさか……あのボビーの仕業かしら……あの丸太のような腕で農耕具を振りまわして！

もう誰も信用できない。ハリーでさえも。

わたしは後悔していた。あの若い男女と一緒にこの町から離れていればよかったのにと。足がこわばってまっすぐ歩けなかった。わたしは納屋の扉を閉めると思うように動かないその足で茂みの中に戻り、ブーツを履いた。

早くここから逃げなければ！　あの納屋の中の光景が頭から離れない……恐怖と絶望がわたしの心を蝕んでいった。

慎重に歩き続けながら考えた。このまま進んで山道に出られたとしてもどこまで行けばいいのかしら！　ここはかなり人里から離れた場所のよう……。隣町までいったい、何マイルあるのかしら！　しかも、あの男女を追ったボビーがもう、戻るかもしれない。建物を見られたくないのか口封じに行ったのね……。

再び木の間からそうっと覗いた。町の入口が百ヤードほど、後ろに見えた。だいぶ、離れたわ。足が震える……そういえば納屋の死体はまだ、生々しかった。そんなに日が経っていないのかもしれない。ああ、あの光景を思い出さないようにしなければ！

わたしは歩きづらい大きめのサイズのブーツを呪った。靴擦れでかかとが痛かった。

十ヤードほど先に舗装された山道が横切っているのが見えた瞬間、思わず涙がこぼれた。

広いコンクリートの山道が——これでやっと悪夢から開放されるかもしれない。

―9―

一本の山道は坂になっていた。右か左か……どちらに進むべきかしら。右の坂を登れば山頂付近に……しかし、今のわたしに山越えをするのは到底無理……。ここは当然、坂を下ったほうが得策。しかし、麓の建物に行ったボビーと鉢あわせになるかもしれない。それとも、ここで誰かが通りかかるのを待つか……。まったくひとけが感じられないこの場所では一週間待っても無理だろう。あの男女が来たのは奇跡に近い。早くしないと日が暮れてしまう。しかも、住人たちは戻らないわたしに気づき、探しに来るかもしれない。

どうしても山の麓まで行かなければならない。そこまで無事に行ってからまた考えればいいわ。

しかし、わたしのその楽天的な考えはすぐに変えざるを得なかった。下り坂の山道の丁度、曲がり角から、人が覗いていた。カウボーイハットを深々とかぶり……ああ！ あの男女かしら？ わたし、ここよ！ 手を思い切り振ってよろよろと近づいた。

その人物の全体像が見えた。巨体で――カウボーイハットを取ると髪で半分埋もれた顔……ボビーだ！ あの男性のカウボーイハットをかぶって……ということはまさか……既にあの男性は殺されてそれを奪って……嘘よ！男女は殺された⁉目の前が真っ暗になった。わたしは固まって動けなかった。

山道の脇にあの赤いシボレーが……ボビーはわたしを観察していた。得意そうにまた、カウボーイハットをかぶるとシボレーに乗り込みエンジンをかけ、わたしの目の前に……助手席のドアを開けて無言で座っているボビー。乗るしかなかった。今は従うしかない。震える足で助手席に座った。

また、あそこへ戻らなければならない。あの町へ……。あの光景を見たあとで住人たちにどういう態度で接すればいいのかわからない。ああ、わたしはあの町から一生、抜け出せないんだわ……。力なく呼吸をするわたし。視線を感じたので見るとハンドルを握りながらわたしをその小さな目で見つめていた。ボビーの目を見つめ返した……純粋で綺麗な瞳だわ。とても、人殺しには見えない。

ああ、また感じる懐かしいような不思議な感覚——外見は似ても似つかないわたしとボビー。でも、どこか、通じ合っているような。本当にこの人、納屋で見たあんな酷い殺しができるのかしら？

「ねえ、ボビー……その帽子どうしたの？」

答えを聞くのが怖かった。

「あの人たち……貰った」

ボビーはハンドルを切りながら言った。

貰った？　まだ生きているの？

「ねえ。あの人たち、まだその建物にいるっていうことなの？」

「……そうだ。あそこにずっといる」

良かった！　まだ生きているんだわ！　そうよ！　そうに決まっているわ！　ボビーは殺していないんだわ。人を外見で判断してはいけないのよ。あの町の残りの住人たちのほうがよっぽど不気味よ。ひょっとしたらボビーは怖くて命令に従っているだけなのかもしれない。ああ、あの町に戻りたくない。でも、今は下手に動かないほうがいいわ……迷って、ボビーの車で帰ったことにすればいいのよ。もう少しの辛抱よ。夜中に抜け出して山の麓の建物まで行って、あの男女と合流しよう……。

あっという間に町の入口が見えた。住人たち全員が心配そうに立っていた。恐怖で足が震え出した。しっかりしなくちゃ……態度に出しちゃだめ。平静を装わなければ。深呼吸をするわたし。

もし、わたしの本心が知られたら、どうなるのかしら！　住人たちにリンチされ、あの納屋の中に放り込まれるかもしれない！　もうだめ……。わたしは固く目をつぶった。シボレーが乱暴に止まった。目をゆっくりと開ける。

　ポーリーが走り寄り、わたしを出迎えた。

「姿が見えないんだもの！　心配したわよ……」

　わたしは混乱したまま車を降り、できるかぎりの作り笑いをして住人たちに愛想を振りまいた。

　ポーリーは安堵の表情。

「まったくおてんばさんね！　皆さん、あと一時間で夕食よ！　私の家に集まってちょうだいね！」

　全員で集まっての夕食？　何だか悪い予感がする……わたしは胸が悪くなるのを感じた。誰かに助けを求めたかった。ハリーの顔をそれとなく見た。納屋の中を見ろと言った張本人の態度も気になったからだ。そんなハリーはわたしには目もくれずニック、ジョナサン、スーザンと笑い合っている。

　このままどこかで独りになりたかったがポーリーがしっかりとわたしの腕を掴んで家まで連れて行った。家の前が妙に静かだと思ったら、あのシェパードの姿はなく、地面には首輪と鎖が無造作に置いてあるだけだった。わたしは何だか、さらに心細くなっていった。

数十分後、わたしはまた、最初に目を覚ました部屋にいた。今はおとなしくしているしかなかった。機会を待つのよ……。

窓の外はうっすらと暗くなり、空からは時折、雷鳴の轟く音が聞こえていた。山の天気は変わりやすい……昼間のあの天気にまた戻ってほしい。夜が……闇が訪れるのが不安だった。もうすぐあの住人たちと夕食を共にしなければならない。

わたしは締め切った窓を見た。薄暗い窓の外で揺れる木々。風が強いのか垂れ下がった木の枝がガラスをこすりキイイという音が響く。そのうちにポツポツとガラスを軽く叩く音がして、いくつもの水滴がつく。雨だわ。悪いことは重なるものね……道がぬかるみ走って逃げるのに苦労する……。

わたしはベッドにうつ伏せになった。あの納屋の中の光景が頭から離れない。記憶と関係しているかもしれないと期待して覗いた納屋の中が死体の山だとは！　一瞬浮かぶ、住人たちの顔……彼らを前から知っているような気がしていたが、それが先ほどよりはっきりとしてきていた。でも、その記憶を思い出すには何か決定的なパーツが足りないようにも感じていた。

そうよ……例の建物。そこへ行けばわかるかもしれない。わたしがそのことを考えるとまた偏頭痛が始まった。

その時、扉をノックする音がした。わたしはびくっとした。ああ、嫌だわ……行きたくない！

「夕食の時間ですよ！　皆さん、もう集まってますよ！」

ポーリーの陽気な声。

わたしは深呼吸をして、立ち上がった。

―10―

薄暗い居間。窓際の机でちらちらと揺れる蝋燭の明かり。テーブルには既に住人たちが五人座っており、たわいのない会話をしていた。縦長の大きなテーブル、一番奥の装飾の入った立派な椅子にはポーリーがまるで女王のように座っていた。その手前から向きあって、ハリーとニック、隣はジョナサンとスーザンが座っていた。

わたしが近づくと住人たちは一瞬、じっとこちらを見つめたが、またすぐに会話に戻っていった。ボビーの姿はない……また、納屋を見張っているのかしら。外は雨なのに。空いている席は……まずいことにスーザンの隣だった。不安な気持ちを抑えながら、ゆっくりと席につく。テーブルの真ん中には水が入った大きなジャグとマッシュポテトが異様に多く盛りつけられたボウルが置いてあった。各自、席には既に黒々しい肉が乗った皿とフォーク、ナイフが用意してあり、部屋の中はその肉の匂いなのか、これまでに嗅いだことのない臭みが充満していた。

わたしはうつむいて皿の上に乗った肉を見つめていた。うっすらと湯気が上がる妙に黒い色の肉……鼻につく独特な匂い。あの納屋の中の死体の光景がちらつき出した。今はだめ！　他のことを考えなくちゃ……。横目でそうっと隣のスーザンを見ると……わたしのほうをじっと見つめていた。先ほどから視線は感じていたが……さあ、普通に接しなければ……わたしはスーザンの顔を見て微笑んだ。彼女は右手の爪を噛み始めた。

「さっきはごめんなさい。時々ああなるの。びっくりしたでしょう?」

わたしは感情を押し殺しスーザンの会話に合わせることにした。

「ううん。大丈夫……わたしのほうがおかしいし……だって記憶がない女なんて」

スーザンはくすっと笑った。

「私たち似た者同士ね……これからは」

テーブルの下からスーザンの手が伸びてきて、わたしの右手に触れた。その突然の冷たい感触で思わず、肩をびくっとさせた。

「これからはお友達になってね……」

耳元でそう囁くスーザンの甘い声にわたしは身震いするのを必死で我慢していた。もう少しの辛抱……夜になって抜け出そう。ああ、もう耐えられない……スーザンの冷たい指がわたしの小指と薬指に絡んでくる……パン！ パン！ と二回、音がした。住人たちは会話をやめた。音がするほうを見た。ポーリーが両手を合わせて叩いた音だった。

「皆さん、ちょっと聞いてちょうだい！」

スーザンの指の動きが止まったので、わたしはその隙に右手を彼女の指からそっと逃がした。全員、注目している。

ポーリーは満足げな様子だった。

「さあ、皆さん。今日は記念すべき日です。こうやって皆さんと夕食会を開ける日が、まさかやってくるなんて！」

ポーリーは目を見開き、わたしを見た。心臓の鼓動が早くなるわたし。隣のスーザンに鼓動の音が聞こえるのではないかと思うぐらいだった。

「あなたのおかげですよ……すべては！」

ポーリーが私をじっと見つめて言った。

住人たち全員がわたしに注目し、拍手をした。この状況に困惑していた。ハリーもスーザンも同じことを言っていたわ……。ポーリーは邪悪な笑みを浮かべた。

「もっとも、本人はもう何のことかわからないようだけど」

全員の笑い声。わたしを見つめる住人たちの顔は薄暗いせいもあってさらに不気味に見えた。わたしはうつむいた。気分が悪い。

「さあ、皆さん。召し上がれ！」

ポーリーの高らかな声を合図に全員が歓喜の声を上げてマッシュポテトが入ったボウルをまわし始める……スーザンはボウルに手をつっこみ、鷲掴みにするとわたしの皿にマッシュポテトを乱雑に投げた。

「いっぱい、食べてね！」

スーザンは本当に嬉しそうだった。

住人たちは肉に食らいつき、水をまわし飲みしていた。鼻につく肉の匂い……気分が悪い。

「どうしたんだい？　顔色が悪くないかい。まるで死体でも見た顔だよ」

それはハリーの言葉だった……続いて全員の笑い声。ああ……ハリーまで！　これは悪夢よ……早く覚めて！

「あら、あなた。お肉食べなきゃ！　早くしないと冷めちゃうわ！　早く！　早く！」

スーザンはまくしたてた。

わたしはしぶしぶ、フォークとナイフを取り肉にナイフを入れた。硬い肉……何なの？　色も悪いし……。悪戦苦闘の末、何とかひと切れを切り、フォークで刺したわたし。ゆっくりと口に近づける。生臭い……何の肉かしら。思い切り口に放り込んだ。硬い……妙な歯ごたえ。食料品店の裏庭にいた鶏ではないわね。納屋の死体が脳裏にちらつく。まさかね……考えすぎよ！　何とか肉を飲み込んだ。うん？　何か歯に挟まっていて気持ち悪い。わたしは指を口に入れて、歯と歯の間に挟まっている物体（それ）を取り出した――何？　これ……硬くて何かばらけていて……ああ！　黒い毛だわ！

「あら、ごめんなさい……まだ毛が残っていたかしら？」

ポーリーの声が響いた。

わたしは胸が悪くなり吐きそうになった。口を手で押さえ、何とかこらえた。

「あの犬もやっと役に立った！」

ハリーの陽気な声。

全員の笑い声。わたしは息をのんだ。この住人たちは頭がおかしい。今、はっきりとそう言える。飼い犬を、あのシェパードをさばいて料理したんだわ！　異常者だ。もうこの町に一秒でもいられないわ。断じてごめんだわ！　わたしは思わず席を立った。全員、わたしに注目している。いけない……つい、感情が先走ってしまって！　今、外に出ると疑われる……。

「どうしたの？」

スーザンが不安げに言った。

わたしは作り笑いをして必死にこの部屋から出る口実を考えていた。

「い、いいえ……あの」

わたしをじっと見つめる住人たちの目つきが怖かった。そうだわ。ボビーよ！

「あ、あの、ボビーもお腹空かしていると思って！　だから……ちょっと呼んできます！」

ポーリーは顔をしかめた。

「あの人はいいのよ。あなた優しいのね」

わたしは必死だった。

「で、でも昼間も車で送ってもらってお世話になったし……それに、皆さん全員集まったほうが楽しいし！」

「……まあ、それもそうだな。俺もボビーには世話になっているしな」

ニックががらがらの声で言った。

ポーリーとハリーは顔を見合わせてうなずいた。わたしは少しずつ、テーブルから離れた。

「私も一緒に行っていい？」

スーザンが不安そうに言った。

「大丈夫よ！　あなたはここでくつろいでいて！　すぐ戻るから！」

わたしは満面の笑みを作って答えた。

「外は雨で歩きづらいから滑って転んだりしないようにね。怪我しても医者はいないんだから」

ジョナサンが笑いながら言った。

どっと全員の笑い声。

「私、医者は大嫌いよ！」

フォークで皿を叩きながら叫ぶスーザン。

スーザンに続いてジョナサン、ニックが皿をフォークで叩き出した。

「僕も嫌いだ！」

「俺も関わりたくない！」

わたしは鳥肌が立った。ハリーもポーリーも前に同じ事を言っていた。いったい、何の意味があるのかしら？　その瞬間、激しい偏頭痛に襲われ、わたしの脳裏にねずみ色の何かの幻影が浮かんだ……それは最初、ぼやけていたが徐々にはっきりとし、その輪郭が見え始めると建造物であることがわかった――

ああ！　何かしら？　この町では見たことのない……これはどこなの？　しかし、その幻影はすぐに消えてしまった。少し、めまいがしたが、倒れるほどではなかった。

住人たちの鋭い視線を背中に受け、わたしはゆっくりと居間から出て行った。まだ、走っちゃだめよ……。落ち着いて、落ち着いて。

わたしは振り返ることなく玄関のドアをそっと開けた。

―11―

小雨が降りしきる中、わたしはボビーのいる小屋を目指して走っていた。首筋を冷たい雨の雫が流れていたにも関わらず、こんな開放感は初めてだった。わたしの演技も大したものだわ。でも、早くしなければ！　風で木々の葉のざわめく音。暗闇の道を走って横切る時も、つい茂みに目がいってしまう。そこに何かが潜んでいるようで。

昼間とは別世界の町。時折、轟く雷鳴がわたしを震えさせた。小屋が見えて……ああ、やっぱりボビーがいた。傘もささずに相変わらず、長椅子に腰かけている。濡れながら。彼はわたしの姿を見ると立ち上がった。

「ボビー！　急いで……車を出して……お願いよ」

息を切らしながら私は必死に言った。

無表情で立っているボビー。

「ボビー！　お願い！　麓の建物まで行って！」

わたしの強い口調に負けたのか、ボビーはポケットからキーを出すと赤いシボレーまで走った。いいわよ……ボビー、わたしの言うことを素直に聞いてくれるのね。心強いわ！　わたしもあとを追って助手席に座った。エンジンをかけるボビー。弱々しい女性の金切り声のような音がするだけでいっこうにかからない。

住人たちが集まっている家のほうを見た。一階の窓際で揺れている明かりが見える。不気味な蝋燭の光……あの人たちにこのエンジン音が聞こえるとまずいわ！　首をかしげエンジンをかけ続けるボビー。まずい……早く、早くしないと！こんな時にかぎって！

あの家から集団で飛び出してくる住人たちを想像するだけで震えた。甲高いエンジン音。かかった！　ああ、神様……ありがとう！　わたしたちの乗ったシボレーは暗闇を走り抜けていった。


暗闇の山道を照らすヘッドライト。坂道を下る、わたしたちの乗ったシボレーは順調に走っていた。町を出てから十五分ほど経ったかしら？　雨水が滴り落ちるフロントガラス。あれから小雨は本格的な雨へと変わっていた。雷鳴が轟き、一瞬窓の外の青光りが車内を照らす。

わたしは無言で運転するボビーを見た。何故か彼といると安心した。心強い用心棒のようで。住人たちは殺人を犯したあと、納屋に死体を隠してボビーに見張りをさせたんだわ。気の弱い可哀想なボビーは従うしかなかったんだわ。

わたしは落ち着きを取り戻しやっとボビーに話しかける余裕ができていた。

「ねえ……ボビー。あなた、あの納屋の中の死体を知っているわね？」

わたしを一瞬見てからうなずくボビー。

「誰の仕業なの？　あんな酷いこと……」

「俺、見ていただけ……ポーリーたちが殺《や》った」

―12―

青光りと凄まじい轟音。わたしは体をびくっとさせた。雷は確実に近くに落ちたようだった。ボビーはそれ以上何も語らなかった。ボビーはやっぱり、殺していない……あの納屋の見張りをしていただけ。それにしても本当に狂った人たちだわ。今頃、消えたわたしとボビーを探しているかしら？　町で動く車はこの一台だけ。雨の中、走って追って来たとしてもここまで追いつくには相当時間がかかるはず。

わたしは決断を下す時だった。このまま、この車で近くの町へ行って警察を呼んで保護してもらう……。でも、それだと何故か記憶は戻らない気がした。例の建物にいる男女にも会いたかった。味方は多いほうがいい。

カーブを曲がるとその先の山道は坂ではなくなっていた。その代わりに暗黒の森が永遠と続き、道はＹの字に別れていた。右にハンドルを切るボビー。ここが麓ね。わたしは注意深く外を見ていた。

行き止まりの道……あ！　あの男女の４ＷＤだわ！　ボビーの話は本当だった！　その先に細い小道が見えた。４ＷＤの手前で止まるボビー。わたしはボビーの顔を見た。ボビーもわたしの顔を見つめた。

「……この先に行くと、あの建物。あの人たち、中にいる。俺、ここで待っている」

わたしは不安だったが、どうしても建物に行かなくてはいけない気がしていた。

一人でも行かなくちゃ！　だいぶ、時間は稼いだわ。中にいる男女に事情を話そう。そうだわ。あの人たちの携帯電話で警察だって呼べる。早くしなければ！　わたしは勇気を振り絞ると車を降りた。

「すぐ戻るわ。何かあったらクラクションを鳴らしてね」

ドアを閉める瞬間、ボビーにそう言い残した。

―13―

車を降りたわたしはびしょ濡れになりながら4WDの中を覗いた。車内は無人だった。やはり建物に……。わたしは振り返ってシボレーの運転席を見た。雨水が滴るガラスでボビーの顔は歪んで見えたが、ハンドルを握ったまま座っていた。

空を見上げた。嫌な雨……。いったいいつまで降り続けるのかしら。顔を正面に向け、暗い小道を小走りで進んだ。あの町と同じような森に囲まれていたが、草木は明らかに人の手が入ったとみられる規則的な並び方をしていた。暗黒の小道を進むうち、遠くにぼんやりと何かが見えた。わたしの視界は雨水で遮られ見えづらかった。目蓋の上に溜まった大粒の水滴を払いのけながら走った。暗くてよく見えないわ!その建物らしき前まで来た。ねずみ色で――ああ! あの脳裏に浮かんだ幻影だわ! やっぱりわたし、ここを知っているわ! ねずみ色のモルタルの四角い建造物……窓がひとつもなく、無機質な印象だわ。住居ではないわね。何かの施設かしら。この建造物には特に文字が記載されたものも見当たらない。

あ、頭が痛い! ここ……知っているわ……絶対に! 正面には半分開けっぱなしの頑強そうなミラーガラスの大きなドアがあるだけ。

わたしはドアの前に行きゆっくりと中を覗いた。暗いが明かりが見えた。明るくなったり暗くなったり……ああ、天井の蛍光灯に問題があるのね。内部はここからではよくわからないわ。

「ねえ！ 誰かいるの？ 返事して！」

わたしの声が虚しくこだました。内部に足を踏み入れた。四歩目で、何かにつまずき転んだ。点滅を繰り返す蛍光灯の下、わたしは床に寝転んでいる男女を発見した。

あ、あのブルネットの女性……でも首がぐにゃりと曲がって……。ああ！何てことなの！男性も首が……。わたしの期待はことごとく打ち破られた。この悪夢に終わりはないの？ボビーの嘘つき！ やっぱりあのボビーの仕業ね！ 心が通じ合ったと思ったのに！ 町で唯一、信じられると思ったのに……。

わたしはへなへなと床に座り込んだ。もの凄い力で首の骨がへし折られている。あの丸太のような腕で！ 男性の傍には壊されたのかバラバラの携帯電話の破片らしきものが散乱していた。ボビーは何故、外で待っているの？ この二人を見せたかったの？ それとも、ここでわたしを殺すつもり？

ここから出ないと！ 小道の入り口でボビーはわたしを待っている。あ！ 裏口よ……裏口を探して逃げ出せさえすれば！

発狂してしまいそうな感情をおさえ、わたしは内部を必死に見まわした。細長く無機質なデザインの広い内部。大ぶりの換気扇が回りっぱなしになっている。

床にはガラスの破片や書類が散乱し、まるで暴動でもあったかのようだった。右側の事務所のような場所に机と椅子が数人分、用意されており、明らかに人がいた形跡があった。

そして、その奥には約十五インチの液晶パネルが七台あり、その画面にはそれぞれ部屋らしき光景が映し出されていた。

わたしは液晶パネルに近づいた。画面の中の部屋は、どれも無人だわ。ベッドがあるだけの殺風景な室内……まるで、隔離室ね。ああ、これで誰かを監視していたのね。

七つの液晶パネル、無人の七部屋……。ああ、頭が……痛む！　わたし、ここに来たことがあるわ……間違いないわ！　懐かしい感覚……。蛍光灯の点滅がさらにわたしを不快な気分にさせた。

偏頭痛に耐えながら、さらに奥へと進む。ああ……まだ、人が倒れている！　ゆっくりと近づいた。わたしのブーツの足音が内部にこだまする。制服を着ていてうつ伏せで倒れて……この施設の警備員のようだわ！　しゃがんで体をゆすったが動かない……死んでいるわ！　わたしは力を振り絞り、警備員の体を仰向けにした。転がる警棒。顔を酷く殴られたのか血まみれで部分的に陥没していた。ああ……自分を守るはずの警棒で反対にやられたのね……わたしの感情はもう死にかかっていた。もうどんなことが起きても動じないわ！　今日だけでどれだけの死体を見たことか……ふいに笑いがこみ上げてきた。

まったく……何て日なの？

―14―

わたしはふと、床に落ちている書類に目がいった。何？　大袈裟にファイルされた分厚い書類……表紙にはこう記してあった。『バーグマン精神異常犯罪者診療所』と。バーグマン……バーグマン！　聞き覚えがあるわ！　絶対に――その瞬間にスーツを着た身奇麗な中年の男性の姿が脳裏に浮かんだ。わたしに話しかけるその男性は威厳に満ちていた。

頭が割れそうに痛い！　男性の顔が薄れていく……ああ、誰なの？　でも、ようやくわかったわ……ここは精神異常犯罪者を収監していた施設……そうだわ！　あの監視されている部屋は間違いなく隔離室。でも、無人だわ！　先ほど、何が起きても動じないと思ったわたしは弱った小鳥のように震えが止まらなかった。

書類のページをめくる。だめだわ。手が震える。わたしの勘が間違っていますように！

次は顔写真付きのカルテのようね……ああ！　その顔写真は間違いなくボビーだった。顔が半分、隠れるまで伸びた髪……小さい両目。カルテの一番上の欄に名前がフルネームで書いてあった。わたしは目を見開き夢中で文字を追った……ボビー・マクファーソン。三十二歳。イラク派兵後、戦地にて精神に異常をきたす。症状……上官の特攻命令が引き金となり、以来……善悪に関わらず命令、特に威圧的な命令には異常な従順さを示す。帰国後、地元のギャング団に雇われ十人を殺害。ボビーは元兵士！

わたしは夢中でページをめくった。次……顔写真はボストンフレームの眼鏡をかけ、鷲鼻の男性……ああ、ニックよ。本名はニック・ランドール。五十五歳。あのニックよ……。元精肉店経営者……大手チェーン店に客をとられたと逆恨み、店員を三名殺害後、警察に通報しようとした妻も殺害。奥さんを亡くした話は本当……でも、あなたが殺したんじゃないの！しかも、すっかり食料品店の店主気取りだった！嘘つき！あの住人たちはここから脱走した患者なのよ！

ああ、ジョナサンとスーザンの顔写真……同じカルテにあるわ。ジョナサン・マクニール。二十九歳。スーザン・マクニール。二十七歳……兄妹間で異常な恋愛感情を持つ様に至った結果、反対する両親を殺害。逃走するも逮捕……悪戯っぽく笑う異常な二人の顔が浮かんだ。大嫌い！まだ頭が割れそうな偏頭痛が続いていた。それでも、わたしはカルテを読み続けた。

ハリー・リチャードソン。六十歳……あのハリーの写真……あのままの優しい顔で。元自動車整備工。仕事中のミスで解雇されたのを理由に社長を含む社員四人を殺害。凶器は整備道具……のんきにあのガレージで他人の車の修理なんかして！わたしは気が狂いそうだった。何よ……全員で住人のふりをして、わたしをだまして！

最後ね……ポーリー！　相変わらず目を見開いて……写真を見るのも吐き気がするわ！

あなたはどんな人物なの？　リーダー的存在でみんなをまとめていたわね！　ポーリー・ウォーカー。六十二歳……元劇団員。保険金目当ての殺人で婚姻を繰り返し六人を殺害した。特徴……得意な手料理に毒物を混入……他人を演じることで快楽を得る傾向あり……。ああ、異常だわ！　この人！　何がハリーの奥さんよ！　大嘘つき！　他人の家でシェパードまで調理して！　あの家族写真の話の時だって……子供のことまで！　そして……わたしは、わたしは……周囲を狂ったように見まわした。わたしはこの施設の関係者？きっとそうだわ！看護婦か何かで暴動にあって……。職員関係の書類はないのかしら！

あ、分厚い書類がまだ落ちているわ！これは……誰の資料なの？　まだ患者が……夢中でページをめくった。わたしの心臓の鼓動が早くなっていく……。

無人の七つの隔離室……今までのカルテは六枚……これはひょっとして七人目……の……カルテ……。今までにない意識が遠のく感じ……全身の痙攣が始まった。

写真……その顔写真は赤毛の女――わたしだ！　名前の欄は……そう、わたしの本名は――メアリー・バーンスタイン！　その瞬間、視界が白く濁っていった。

―15―

メアリー……わ、た、し……お……思い出し……た……わたしの名前は……メアリー・バーンスタイン。二十三歳。わたしは……いやもうこんな気取った話し方はやめだ。

アタイは今、やっと開放された気分だ。け！　バーグマン！　世間では高名な精神科医として名前が知られていた。奴はこの施設の責任者。全米から集めた精神異常犯罪者を治療していやがった。気取ったスーツを着たナルシストはアタイらを閉じ込めた。オレンジ色のツナギを着せて、あの狭い隔離室に！　まるで自分は神にでもなったつもりで監視していたんだ。あのモニター越しで！　そして、隔離室がある地下に来る度にアタイを治療室にぶちこんだ。屈強な看守の見張りつきでさ！　臆病者のバーグマン！　あんたはヤブ医者だよ！　自分が治療できない患者はいないと豪語していた。その結果があの電気ショック治療だよ。アタイを寝かせ、体を太いベルトで縛ったんだ。前額部の左右に吸盤型の電極を密着させてな！　そして散々、脳みそに電気を送りやがった。アタイは全身の痙攣が止まらなかった。頭の中がぼやけて記憶が飛ぶ時があった。それでも、続けやがった。訳のわからない専門用語を並べ立てて胸くそ悪いったらない。医者は大嫌いだ！　特に精神科医は！

アタイはカルテを読み続けた。性格……狡猾、反社会的、極めて残忍。里親、その親族を含め七人を殺害。はん！　あいつらみんな、死んで当然の連中だったんだ！　そもそも、アタイがこの施設に入るきっかけになったのは勿論、この殺人が原因だ。

幼少の頃、アタイは孤児院で育った。本当の両親の顔も知らない。受け入れ先が見つかると里子としてそこへ送られた。しかし、里親っていうのは善人ばかりじゃない。アタイは運がなかった。最初の里親は偽善者の老夫婦。まるであのハリーとポーリーのような外見だった。子供に恵まれなかった婆さんが孤児を引き取った場合、普通は子供を可愛がるもんだろう？　ところが、あの婆さんは子供ができなかったことで性格が歪んでいやがった。どっちが異常者だよ！　アタイを地下室に閉じ込めたり、ほうきで追いまわしたり、風呂場で冷水責めにしたり！　爺さんはそれを知らん顔でしかも笑って見ていやがった！家出を何度も繰り返し、二年ほどでやっと孤児院に戻された。家族ができると期待したまだ小さい孤児の心を踏みにじったんだ。その時の気持ちを誰が理解できるってんだ？

しばらくして新しい里親へ。次は子持ちの若い夫婦だった。今度こそは信頼できる家族の下で！　そう思ったもんさ。

しかし、その夫婦の実娘が問題だった。当時のアタイと同い年の娘。あの娘は性悪だった。わざと家の食器を割ったりしてアタイがやったように見せかけた。毎日、嫌がらせをして追い出そうとしたんだ。あの時はまだ無垢だったアタイ。孤児院に戻るのは嫌だった。家族が欲しかった。必死に家族の一員になろうと努めた。

しかし、あの性悪娘の姑息ないじめはさらにエスカレートしていった。ある日、父親の財布から百ドル札が消えるという事件が起きた。騒ぎ立てる性悪娘。あいつ、アタイが父親の財布から抜き取るのを見たとぬかしやがった。両親はアタイに詰め寄った。そして、アタイのジーンズのポケットから何故か百ドル札を掴んだ。怒り狂う夫婦の後ろで悪魔のように笑っていたあの娘……そう。性悪娘がいつの間にか仕込みやがった……もう、どうしようもなかった。

アタイはまた孤児院に戻された。心はズタズタに引き裂かれもう家族というものに興味はなくなった。

数年後、高校を卒業すると同時にニューヨークに旅立った。過去とは決別し、自立して安定した生活を送るために。そのためにアパートを借り、仕事に励むつもりがうまくいかなかった。どれも集中力が長続きせず、うわのそらだった。

ウェイトレス、キャッシャー、バーテンダー、スポーツジムの受付、ホテルのベッドメーキング……一年でどれだけの転職をしたことか。それというのも里親の老夫婦と底意地の悪いあの娘を殺す妄想で頭の中が忙しかったからだ。そんなアタイが仕事に専念できるはずがない。過去とは決別したはずがいつの間にか怒りをためこんで復讐したいという願望が芽生えていた。

　アタイは休日の度に里親たちの家を見張った。そして運命の日が遂に訪れた。

　あの日ほど充実した日はない。一日で里親たち全員を葬った。老夫婦は簡単だった。ゴルフクラブを片手に自然にドアをノックした。あいつら、成長したアタイを覚えてすらいなかったよ。爺さんはまずゴルフクラブで頭部を滅多打ち、婆さんは水風呂に頭から沈めてやった。手足をばたつかせて抵抗していたが、アタイは笑いながら続けた。

　二人を殺すと鼻歌を歌いながらあの性悪娘がいた夫婦の家に向かった。ちょうど、夫婦の親族が訪ねて来ていた。家に入るのと同時に手っ取り早くナイフで親族二人を切りつけ、動きを止めた。あの性悪娘は素早く二階に逃げた。

　そこからは人数が多いぶん、苦労したねえ。親族のとどめはあとまわしにしてまず旦那のほうを殺《や》ろうとしたが、抵抗にあった。アタイを突き飛ばし散弾銃を取り出した。必死に弾を装填する間にアタイは飛びかかった。揉みあいになり、間一髪で旦那から散弾銃を奪い取り目の前で奥さんのどてっ腹に弾を撃ち込んでやった。奥さんの返り血を浴びて怒り狂う旦那の顔に弾をおみまいした時は笑えた。まるでスイカが爆発したように顔面が吹っ飛んでさ！

弾を節約しなければと思い虫の息の親族を二人、重ねて撃った。室内は肉片が飛び散り血の海になっていて、アタイも軽い傷を負っていたが二階に行った。自室に立てこもった性悪娘。ドアを散弾銃で吹っ飛ばしてやったがそこで弾が尽きてしまった。娘は抵抗してアタイに向けて必死に花瓶やら置物を投げつけていたがアタイは終始笑いが止まらなかった。

遂に、性悪娘を追い詰めた……。髪を掴んで引きずり回し顔面と腹を銃身で二、三発殴打してやった。そして、ふらつく奴を二階の窓から突き落とした。泣き叫びながら落ちていく様は愉快痛快、本当にこの上ない幸せな気分だった。そして、素晴らしいことに最高のとどめが待っていた。着地地点にトラックが通りかかり、重量級のタイヤで倒れている性悪娘の頭をグシャリと潰していったのだ！　はあ……スッキリ！

アタイは鼻歌を歌いながら、性悪娘以外の死体を一階のソファに集めてそのまま、一緒にテレビを見始めた。その時思った。これが一家団欒というやつだってね！

近所の通報で逮捕されたアタイは裁判で即刻、精神病院送りになった。しかし、問題児のアタイは一年で二度も精神病院を移された。改善の見込みがないと診断されたアタイ……遂にこの秘密めいた施設へ収監されたのだ。

―16―

そして昨日の深夜、地下の治療室でアタイはまた電気ショック治療を施されていた。今日より酷い荒れた天気で雷鳴が轟いていた。

抵抗していたアタイはバーグマンと看護婦に散々、汚い言葉を浴びせ暴れた。注射器を持った看護婦が近づく――また、あの鎮静剤を打つつもりか！

アタイの両腕、体、両足……革のベルトで縛られていたが、右腕のベルトがわずかに緩んでいることに気がついた――何とか外せるかもしれない！　しかし、電圧が高くなっていく……畜生め！　耐え難いこの拷問から解放されるように神に祈っていた。看護婦の顔と注射針が目と鼻の先に……もうだめだ。気を失いかけていたその時……轟音と同時に部屋が暗黒に包まれた。

落雷⁉　停電だ！　電流が止まった！　慌てふためくバーグマンと看護婦の声。おお！　神よ！　感謝します！　アタイは最後の力を右腕に集中させると必死にもがいた。右腕が……外れた！　早く……やった！　左腕も外し……両腕が遂に自由に！　必死に手探りで電極を素早く剥がした。お次は体のベルトを――

すぐに非常灯が点灯し部屋がうっすらと明るくなった。今だ！　自由になった上半身……両手で看護婦の首を掴み引き寄せ、鼻に噛みついてやった。叫び声がこだまし、看護婦の手からすべり落ちる注射器を取った。

情けない悲鳴を上げるバーグマン。

両足のベルトを必死に外すアタイ。看守の一人が物凄い勢いで部屋に入って来ると、アタイを羽交い絞めにしようと掴みかかる……一瞬のすきをつき、看守の片目に注射針を刺してやった。金切り声が室内に響き渡る。逃げ惑う非力なバーグマン。看護婦は血だらけの鼻を押さえ床でうずくまっていた。苦しそうにしゃがんでいる看守の腹に数発蹴りを入れてから、隔離室の鍵を奪い取ってやった。アタイ一人で他の看守全部を殺《や》るのは不可能だったからだ。

頭の中がぼんやりとしていた。一番近い隔離室のドアを開放した。アタイに必死で飛びかかる看守たち。やはりここまでか……そう思った瞬間、巨大な影を見た。

その時はまだ名前も知らないあの男、ボビーだ。凄まじい破壊力だった。看守たちはたちまち首の骨を折られ、壁に叩きつけられた。

アタイはもうろうとする意識の中で看守たちの首の骨の折れるその音に酔いしれていた……何て心地いい！　そのまま残りの隔離室全部を必死に開放した。バーグマンは背骨を折られたのか壊れた人形のように体がぐにゃりと曲がり倒れていた。

アタイはふらふらと歩き続けた。途中で誰かに礼を言われたような気がした。今思うとあれは恐らくハリーの声だ。ぼんやりとした意識の中、壁伝いに歩いた。一歩一歩が重たかった。先ほどの看護婦もアタイが注射針を目に刺した看守も首がぐにゃりと曲がって倒れていた。

地下から地上につながる階段まで来た。一刻も早くここから出なければ……見上げると階段を登るアタイと同じオレンジ色のツナギを着た六人の背中があった。

長距離用スタンガンを持った警備員二人が階段の上からアタイたちを狙っていた。発射されるスタンガンの先端部分。ワイヤーがボビーの腕と足に取り付くと同時に電流のせいで全身を激しく震わせた。がっくりと膝を落とすボビー。ニックとハリーが必死に警備員の一人の足を掴み階段の下に引きずり込んだ。

ボビーはその弱々しい両手でワイヤーを外すと立ち上がり、わめく警備員を背中から持ち上げ自分の片足の膝の上に叩き落とした。背骨が砕ける鈍い音。そのまま、警備員を階段の下に放り投げた。階段を登りきり、遂に地上に出たアタイたち。スーザンは何かを必死に探しているようでパニックになっていた。もう一人の警備員が警棒を振りまわし叫びながら向かって来たがニックとジョナサンに羽交い締めにされた。ポーリーが警棒を拾い笑いながら近づくのをぼんやりと覚えている。頭がしびれ、視界が狭くなっていった。

もうだめだ。意識が……。床に倒れる寸前に誰かがアタイを受け止めてくれた。ああ、頼りがいのある太い両腕……小さい両目でアタイを見つめている。そこで意識はなくなったんだ……。

ポーリーたちは施設を脱走した後、山を越えて身を潜めようとしたんだ。その途中であの町を発見してしまった。

住人を殺して成り代わると言い出したのは恐らくポーリーだろう。あの狂人の考えそうなことだ。飼い主を殺されたシェパードがなつくはずがない。住人たちを農耕具で惨殺し納屋に放り込み、他人の服まで着てすっかり町の住人気取り。おまけにアタイまで着せかえて。町に来た男女を殺すようボビーに命令を出したのもポーリー。アタイは笑いが止まらなかった。よくもまあ、全員で茶番劇を演じてくれたよ！　アタイは町の入口で倒れていたんじゃない。ボビーが意識のないアタイを優しく抱いて町まで運んでくれたんだよ。

それにしても、あの町に暮らしていた元の住人たちは運がなかったね。ポーリーたちに出会ってしまったのだから。まあ、アタイには関係のないことだが。どうせ、ゴーストタウン化目前の町だったんだろうしね。心残りなのはバーグマンをこの手で葬れなかったことだけだ。記憶障害の元凶は奴のあの電気ショック治療の後遺症だった訳だ……奴を生け捕りにできていたらどんなに楽しめたか。

さあてと！　この施設の脱走劇からもう半日以上は経つ。急がないと！　連絡のつかない施設の関係者や家族が騒いでいる頃だ。もう警官隊がこっちに向かっているかもしれない。それなのにあの連中ときたらのんきな住人ごっこにアタイを付き合わせやがって！

アタイは地下へと続く階段の入口の隅に薄汚れた小さな人形が転がっているのに気がついた。フェルト生地で何かの女性キャラクターを型どったボロボロの小さな人形。赤毛の人形だ。スーザンが探していた、大事な人形だ。ここから逃げる時に、落としたんだ。

アタイは人形を踏みつけた。スーザンの奴、散々アタイをコケにしやがって！　スーザンだけじゃない。残りの住人、あの恩知らずの嘘つきどもを始末してやるんだ。アタイを弄びやがって……あの農耕具を使って血祭りに！　そして、あの納屋の中にゴミのように放り込んでやる！

正面の入口から堂々と胸を張って外に出たアタイは空を見上げた。もう、雨が止んでら。

暗闇の小道を走った。全速力で。やがてあの赤いシボレーが見えた。運転席から外に出るボビー。

待たせたね！　今、正気に返ったよ！　ああ、ボビー！　忠実な下僕さん！　急いで町に戻ってもうひと仕事さ。心に傷を負った元兵士さんよ。悪いけどもう少しアタイに付き合ってもらうよ！　その後はあのシボレーで一緒に逃げよう。行く先々で殺しの旋風が吹き荒れるだろうよ。誰も達成したことがない記録的な殺人の数で伝説になってみせる！　全米で一番有名な殺人鬼になってその偉業は後世まで語り継がれるんだ！　これからは地獄の逃避行が始まるのさ！　アタイは大声で叫ぶために腹に力を入れた。

「ボビー！　車を出して！　急いで戻るわよ！」

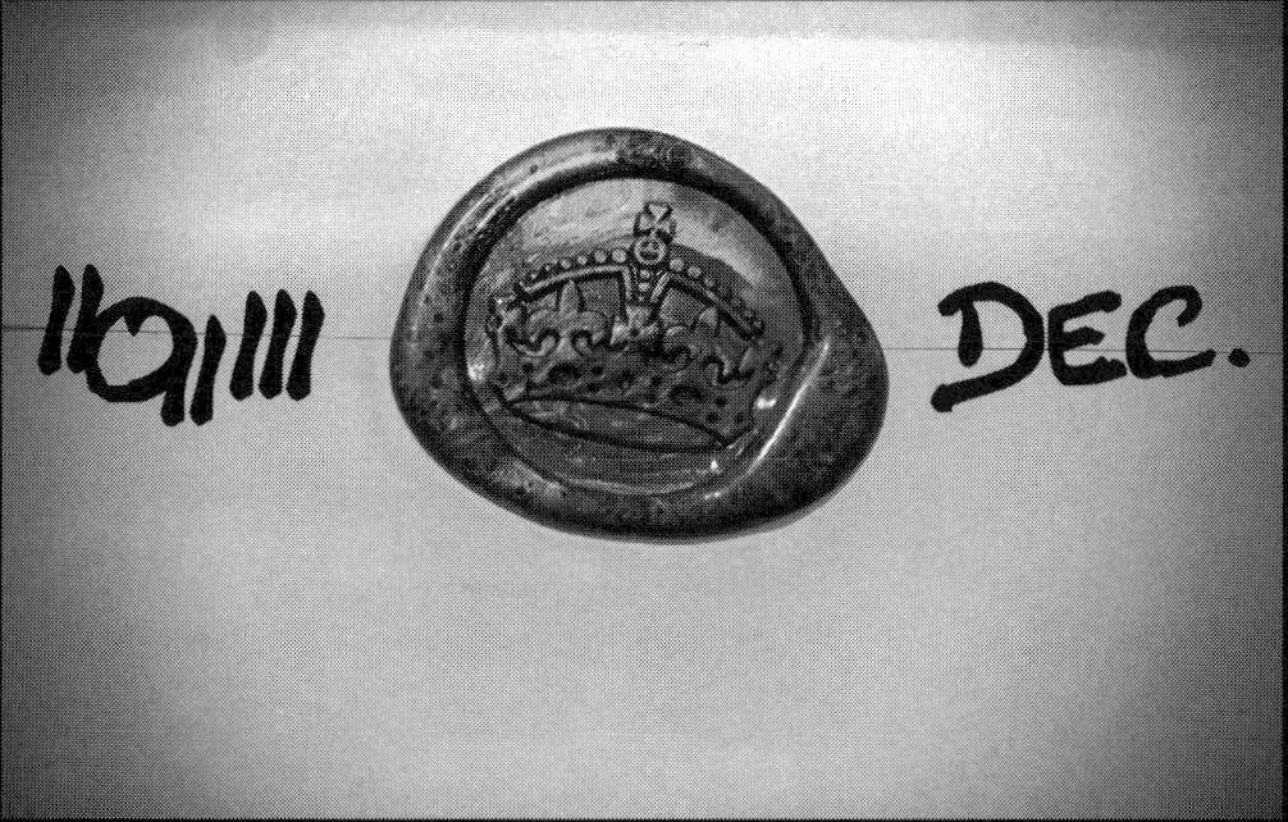

発狂山

私は今、暗い部屋の中でうずくまっている。目を閉じ、耳を澄ます。時計の針が時を刻む音以外は何も聞こえない。隣の部屋では両親は深い眠りに落ちているはずだ。両親？もう一人は本当の親じゃない。あれは、義父だ。私を邪魔者扱いしている義父。それと、冷淡で裏切り者の実の母親……。

まだ時間はあるさ。焦ることはない。やっと深夜零時を過ぎた頃だ。

私は目をゆっくりと開けた。昨日の午後に、あの旅から帰還した。もう普段の生活に戻ることもない。私にはやらなければならないことがある。目を閉じる。あの山の景色を思い浮かべる。耳を澄ます。不思議だ。あの吹雪の音、あの暗い山道を吹き抜ける風の音が聞こえる。何よりも忘れられないあの魅力的な殺しの歌、今も目の前にちらつく、あの人の最期《さいご》の表情……そして、励ましの言葉。そうだ。私は生まれ変わったのだ。

先週までの私は、社会人二年目のどこにでもいる普通のサラリーマンとして働いていた。その中でも私は、かなりうだつが上がらないほうだった。ぼさぼさの髪に青白い顔。寝不足のために目の下にはいつもくまがあり落ちくぼんだその奥の白目は充血していた。特に朝は鏡で顔を見ると生気さえ感じられなかった。その上、気弱な私はうつむき加減で、いつもきゃしゃな体を猫背気味にして歩いていた。

私の会社は、大手電機メーカーの下請けの中小企業といったところか。私は、営業部に配属されていた。同じことの繰り返しの仕事、親会社とのくだらない取引、サービス残業、理不尽な上司。このまま定年まで無事に働き続けたとして、わずかな退職金を受け取り、年金を貰い、気がつけば体が動かなくなり死期を迎える。何とくだらない人生だろうか。異常だ。この連鎖から抜け出したかった。何か特別な才能、人より何か秀でたものがあれば……といつも思っていた。

私の唯一の癒しで趣味といえば風景写真撮影で、デジタルカメラを片手に都内近郊、時には遠方まで土日や有給を利用して撮り歩くことだった。そして会社勤めをしながらプロの風景写真家を本気で目指してもいた。

そんな日々が続く中、会社の上司である倉本、私の同期の高村と共に、ある山に風景写真を撮りに行く計画が持ち上がった。言い出したのは倉本だったが撮影場所を決めたのは私だった。倉本と高村は私と同様に風景写真を撮ることを趣味としていたが、彼らの作品は全《まった》く酷《ひど》いものでセンスのかけらもなかった。

倉本に関して言えばボーナスで買った高額なデジタルカメラや三脚を私に見せびらかし

て自慢するくだらない男だった。考えただけでヘドが出る。せっかくの高額なデジタルカメラが台無しだ。眼鏡を掛けた大柄の肥満体系の男で嫌味混じりの話し方の上、自分の仕事をよく私に押し付けてきた。

同期の高村、入社した頃からの仲間？ いや、仲間なんかじゃない、この高村に関して言えば、倉本のご機嫌取りのちょうちん持ちだった。常に私をライバル視して出し抜こうと画策していた。しかも、奴には自信があった。社内で人気の受付嬢と付き合っていたからだ。高村は私がその受付嬢に気があるのを知っていた。当時、私はその受付嬢に告白したことがあった。しかし、受付嬢と高村は既に付き合っており、私は猛烈な恥をかき、プライドがズタズタに引き裂かれた。あの後の高村の勝ち誇った顔が今でもちらつきやがる！あんな狐目で、ずる賢い男のどこがよかったんだ！

私は頭の中でよく妄想する。この二人にはどんな最期《さいご》を迎えてもらおうか。倉本を殺すにはどうやったらいいのか、あのだらしない腹をかっさばいて、腸を引っ張りだす。飛び出た腸を木の枝に引っ掛けて体ごと吊るすのだ。いや、倉本は体重が重たいからそう簡単にいくまい。腸が重さに耐えきれずプチンと切れてしまうだろう。どさっと落ちる倉本の体。それはそれで傑作だ。木の枝に残された倉本の腸の残骸に鴉《からす》が食らいつく。

あ！　そうだ！　高額なデジタルカメラと三脚を使ってあげないと。そうだ。あのいつも大事そうに持っている豪華な三脚は使えそうだ。三脚で倉本の頭を何百回も叩くのだ。初めての有効な使い道だな。三脚も喜んでいるだろうよ。ぱっくりと割れた倉本の頭蓋骨。その中の脳ミソを掴《つか》んでやる。ぐちゃぐちゃにかき混ぜてやる。その時の奴の顔が見ものだ。言葉にならない意味不明な言語を並べ立てているだろうよ。

そして、高村。あの自信たっぷりな顔に吊り目。あの目が気に食わない！　あの目だ。奴の両目蓋《まぶた》を切り取って二重《ふたえ》にしてやる。そうだ。いいじゃないか。一生瞬《まばた》きができないがな。ずっと開けたまま、寝ることもままならない。くっくっく。それだけじゃすまさないぞ。甘いぞ高村。もっと苦しんでもらわないとね。そうだ、死のアートだ。奴の両腕、両足を切り取って両足があったところに両腕、両腕があったところに両足を付ける。細胞が死んでなければくっ付くかも！　いや、無理か？　這いつくばってバッタのように起き上がるのを見れるかもしれないぞ。

私の表の趣味は風景写真を撮ることだが、裏の趣味は先程の様な殺人妄想だ。特に憎しみを抱く相手に対しては残酷な殺し方を思いつく。まあ、妄想だけなら、なんら問題ない。だが、実際にやるとなると――

話が大分逸れたが、とにかく私、倉本、高村の三人の風景写真ツアーが始まった。ひとつ気になるといえば、二人が私の決めた撮影場所に反対しなかったことだ。あのローカルな場所よりもっと有名な山や世界遺産くらいでないと同行しないと思っていたからだ。

しかし、すぐにこう思った。以前、三人一緒に風景写真コンクールに応募したことがあった。私だけが三次審査まで通過し、二人は一次審査も通らず落選。ずいぶんと悔しがっていた二人をよく覚えている。今回の旅では、奴らは私の撮影方法などを研究する腹だろう。全《まった》くあさましい。私が気づかないとでも思ったか。まあいいさ。そうだ、気にすることはない。あの山には以前二回訪れている。私が今回のリーダーだ。

揺れる地方のローカル電車内。窓から見えるのは田んぼと山々に囲まれた、一見のどかな風景。しかし、時間が経《た》つにつれて雪がちらつき、寒々しい景色へと変わっていった。

車内には、わずかな人々の影。私は、座席に一人座っていた。向かいの席には倉本と高村の姿があった。二人は、長旅で疲れたのか眠りこけていた。二人の座席の上の荷物入れには大きなリュックサックが置いてあった。今回は彼らも本腰を入れての撮影ツアーだ。

私は、二人の寝顔を見つめていた。安らかな顔。死に際《ぎわ》もあの表情のままだろうか。こいつらの寝顔でも撮るか。いや、やめておこう。撮るのは死に様《ざま》に限る。などと頭の中でやり取りしていた。

暗闇に浮かび上がる雪に覆われた山々。吹雪が山道を駆け抜け、凄まじい風の音。暗い山道にたたずむ私、倉本、高村。皆、ニットキャップを被りダウンジャケット姿だった。私は雪深い道を歩き過ぎて足首が重たかった。機材が入った重いリュックサックを呪った。

倉本はピカピカの三脚を吹雪から守るようにして抱きかかえ、高村といえば、携帯電話を取り出しいじくり回していた。

「なあ、俺たちもう戻ったほうがいいだろ！　日が暮れちまったよ！」

倉本が眼鏡を外し気弱な目を露《あら》わにして言った。

「後少し……三キロ位、行った先のはずなんですけど……おかしい！」

私は、苛々《いらいら》しながら答えた。

「とんだ写真ツアーだよ！　お前……本当にこの山に何回も来ているのか？」

高村は口から白い息を立ち昇らせながら、吐き捨てるように言った。

私は完全に迷ってしまっていた。この山の麓《ふもと》にある街を離れて一体どれくらい経《た》ったのか。半年前にも来たはずが目的の撮影ポイントまでの山道が積雪と吹雪のため、わかりづらくなっていたのだ。

「お前の仕切りたがり根性のせいだ！」

倉本が吠えるように言った

「こんな目にあわせやがって！　休み返せよな！」

高村も倉本の後に続いた。

私は、二人の罵声を浴びながら夕闇で立ち尽くしていた。懐中電灯で地図を照らす。まずい。早く何とかしなければ。大げさだが遭難の二文字が頭をよぎる。私は悔しくてたまらなかった。

「これだけ苦労したんだ！　あの場所で写真を撮ってコンクールに出せば、いい線いくって！」

落ち着かせるために、支離滅裂なことを言っているのは自分でもわかっていた。

「調子に乗るなよ！　何がコンクールだ！　大体その場所はどこにあるんだよ。俺たちにはそんなもの重要でも何でもないんだよ！　なあ、高村？」

「そうですよ！　明日の午後には東京に帰ってなきゃいけないんだよ！　どうしてくれるんだよ！」

二人は私を睨《にら》みつけ罵倒し続けた。私は、怒りで歯を食い縛っていたがこらえた。

「見ろ！　電波が入らねえだろうが！」

高村が携帯電話の画面を私に見せて怒鳴った。

私と倉本も携帯電話を取り出し画面を見た。そう、私は知っている……ここは完全にデッドゾーンさ。あの受付嬢に連絡などできるものか。


数時間後、私たちは凍《い》てつく森を歩いていた。麓《ふもと》の街へと続く近道を地図で見つけたからだ。寒さで頭がしびれてきていた。すぐ近くの大木からは雪の塊がどさっと落ちる音。ぎょっとして音のする方向を凝視する倉本と高村。

私は、この状況を楽しんでいた。先程までの威勢はどこにいったのかな？　口ほどにもない連中だ。

私は、少し喉が渇いたので雪を拾い口にした。酷《ひど》い空腹感もあった。あの二人も腹が減っていることだろう。しかしおとなしい。遭難するかもしれないという不安で頭が一杯なのだろう。頼みの綱はこの山に二回訪れている私だけ。

先頭の私のライトが前方の森を虚《むな》しく照らしていく。暗闇に吹雪と一緒に浮かび上がる無数の痩せこけた木々。私の目もかすんできた。その時だ。木々の中に違和感のある色を見つけた。良く目を凝《こ》らすと木の幹の一つに小さな赤い印《しるし》が付いているのに気がついた。なんだ……これは——赤いペンキで……。二人にはまだ話す気にはなれなかった。しかし歩いて行くとその先の木の幹にも赤い印《しるし》が。さらにその先にも……偶然ではなかった。誰かが……。しかし、こんな場所があったとは。ひょっとして我々のように迷った者が元の場所に戻れるように印《しるし》として残したのか。そうだ、避難小屋があるのかも——良かった！

後ろで倉本と高村の叫ぶ声。ようやくこの印《しるし》に気がついたか。私のライトが照らす木の幹を指差してわめき散らすが、すぐに吹雪の音でかき消される。

赤い印《しるし》の付いた木々が連《つら》なる森を歩き続けた。もう疑いようがなかった。人の手によるものだ。私の歩く速度は自然と早くなっていた。

息を荒くして私の後を追ってくる倉本、高村。奥へ奥へと進んでいく。やがて……森が開けてライトが建物らしき影を浮かび上がらせる。

「きっと避難小屋だよ！　こんな山にもあるんだ！」

私は得意げに言った。

「そうか！　避難小屋といえば、管理人がいるかもな！」

叫ぶ高村。

私たちは、歓喜の声を上げて最後の力を振り絞り建物に近寄った。建物は、かなり年季のはいった三角形の小屋だった。暗闇に浮かぶ木造の小屋は、かろうじて原型をとどめているものの、もうあちこちの壁の板も剥《は》がれて廃屋というほうが相応《ふさわ》しかった。窓は見当たらず、入口の薄汚い木戸はぴしゃりと閉められていた。

「こんな小屋に人がいるのか……」

倉本の弱々しいつぶやき声。

私はライトで小屋を照らした。

「最近は有人の避難小屋も増えてきたから……」

高村が夢中で木戸を叩いた。

「すいません！　誰かいますか！管理人さんいますか！」

私は二人に落ち着くように言った。凍《い》てつく吹雪が私たちを容赦なく襲う。全身がしびれる。もう、限界だった。

私は木戸に手を掛《か》けた。力を込めて、右へスライドさせてみる……うん……動くぞ……滑りはかなり悪いが木戸は……開いていた。恐る恐るゆっくりとスライドさせる。木と木の擦れる何とも言えない耳障りな音が耳に残る。私の心臓の鼓動が早くなっていく。もわっと暖かい空気が私たちを包み込んだ。ありがたい……。

中に入ると薄暗く奥に小さな明かりが見えた。やはり……誰かいるのか——その明かりでかろうじて小屋の中が見回せた。中央にアルコールストーブがあった。空気がよどんでおり重苦しかったが外と比べるとここは天国だった。六畳程の小屋の中は無駄な物が一切置かれておらず、内側の壁は外側と同じくぼろぼろで吹雪から最低限身を守る程度だった。一番奥の壁際には戸棚があり、ランタンが置かれていた。小さな明かりはこれによるものだった。そして、その戸棚の前に……うん？　私は、黒い影があるのに気がついた。いや、先程から目に入っていたのだが、薄暗いのと人の気配が全《まった》くしないことから気にはしていなかったのだ。恐る恐るゆっくりとその影にライトを当てた——薄汚れた毛布を被りぼろぼろの服を着た、痩せこけた……老人の姿がそこにあった。

私たちは思わず息をのんだ。

あぐらをかき座っているその老人の目は落ちくぼみ、瞳は潤《うる》んでいるが白目の部分が黄色く変色していた。しみだらけの頬はこけており白髪は伸び放題で顎ひげも首の付け根まであった。そして、体全体が小刻みに震えていた。老人は一言も発さずに私たちを潤んだ瞳で見据えていた。

「まぶしい……」

しばらくしてから、老人がゆっくりと口を開いた。

しゃがれていたが滑舌が良く、妙な力強さが感じられた。

私は慌ててライトを消した。老人はふらふらと立ち上がり戸棚からランタンを取り、這うように私たちに近づいてきた。かなり猫背なこともあったが小柄だった。

老人が私たちを見上げ倉本と高村を指差した。

「ほう。一番後ろにはよう肥えた猪《いのしし》……隣には狐《きつね》」

最初、私たちは困惑していた。頭がおかしいのか。この老人は長い間山にこもって――

老人はまず私の体を眺めてから次に顔をじっくりと観察していた。

私は老人と目が合った。

「君は……うん……兎《うさぎ》さんといったところかな」

老人は力強い目で言った。そうして、しばらく突っ立っている私たちを観察していた。

「いやあ、すまんのう。人に会うのは久しぶりだから君たちが動物に見えてなあ。さあ若い方々、座ってくだされ」

私は思わず吹き出してしまった。そうか傑作だ。倉本は太った猪《いのしし》で高村はいかにも顔が狐《きつね》……センスがある。私の場合は迷っていたが充血した目を見て兎《うさぎ》にしたのか。私が笑うと老人は声を上げて笑い出した。私は初対面なのになぜか初めて会った気がしなかった。

私たちはニットキャップを脱ぐとゆっくりとアルコールストーブの傍に座った。憮然《ぶぜん》とした表情の倉本、高村。

老人はそんな二人を見つめて肩をすくめた。

「無礼な態度を許してくだされ……悪気はなかったんだ」

倉本は深いため息をつき、眼鏡を外して目をこすり、高村は死んだような目で両手をアルコールストーブにかざしていた。やっと安心して落ち着いたのだろう……私は老人と話したかった。

「あのう、ここは避難小屋ですよね」

「そうだよ……この冬だけ、私が管理することになったんだ」

老人はうつむきながら答えた。

凄まじい吹雪が小屋を直撃してがたがたという音。

私は思った。そうか。この人もこの山が好きで……こんなローカルな山奥に。しかも一人きりで孤独だろうに。きっとこの山には色々な思い出があるんだろうな。

「それで、どのくらいここに住んでいるんですか」

私の問いに老人は少し考える素振りを見せた。

「どうだろう……」

どこか寂しげな表情だった。ぼろぼろの服の上に薄汚れた毛布を被ったその姿は物乞いを感じさせるものがあり、酷《ひど》い咳払いを何度も繰り返していた。明らかに具合が悪そうだった。そして、戸棚まで行くと何やらごそごそと両手を動かしていた。

倉本と高村はもはや老人などには興味はなく、目は虚《うつ》ろで睡魔と戦っているようだった。

しばらくして老人は缶詰とフォークを私たちに差し出した。丁度、三つあった。蓋は開けてあり中はコンビーフだった。私はたまらずコンビーフをフォークで突き刺し口に入れた。ありがたかった。少し硬くて不安な気持ちもあったが空腹には勝てなかった。倉本と高村も先程の睡魔とは決別して無心に食らいついていた。

老人はそんな私たちを順番に無表情で眺めていた。

「……ところで今何時かね」

唐突に尋《たず》ねてきたので、私は慌てて腕時計を見た。

「今は十一時十五分ですね」

私は特に気にせずに答えた。

目を凝《こ》らして戸棚を見ると無数の缶詰が詰められていた。食料もあるし、ここで寒さをしのげば朝には下山できるだろう。それにしても……先程から老人の視線が気になっていた。何か――を待っているような。私たちを観察しているような。

「それで……若いの。迷われたのかな」

私の目を真っすぐ見て言った。

「ええ。自分が悪いんです。前にもここに来ていて自信があったので、それで撮影ポイントまで一気に行こうとして無理をしてしまいました」

私はコンビーフを口に運びながら答えた。

「俺たちはただ付いてきただけ。おかげでこのザマ」

すかさず倉本が出しゃばる。

私は倉本を睨《にら》みつけた。高村は深いため息をついて携帯電話をいじくっている。

老人はそんな私たちを見てニヤニヤしていた。

「いやあ。今ので大体あんたらの関係性がわかったよ」

老人には私の趣味が風景写真撮影であることを説明した。デジタルカメラも見せた。私の話を老人は一生懸命に聞いていた。こんなに自分のことを他人に話したのは久しぶりだった。

母親とも義父ともほとんど会話がない我が家は窮屈で仕方なかった。幼少の頃に母は離婚して実の父は出て行った。私は母に引き取られたがすぐに母は再婚した。相手は会社の社長でお金もあり、一見すると人格者のようだったが、私にはわかっていた。

奴が私を見る目は冷たかった。母がいない時に私を邪魔者扱いしていた。そのことを一度母に相談したがまるで相手にされず酷《ひど》く叱られたのを覚えている。母は完全に義父の支配下にあった。その件もあって、お金に関する義父の施《ほどこ》しは極力断ってきた。奴は所詮、他人で世話にはなりたくなかった。何よりも私を見下すあの目が許せなかった。母はよせばいいのに義父に私の大学の学費の援助を申し出た。当然それを断った私は社会人を選んだ。貯金をして一人暮らしをするために。あの家から出るために。

私は幼少の頃に家を出て行く実の父の後ろ姿を覚えている。しかし幼かった私は父の顔を覚えていない……あの後ろ姿だけ……あの寂しそうな背中が忘れられない。私は親しみを持ってこの老人と接していた。時折、激しい咳払いと体の震えをみせたがそれ以外は第一印象より好感が持てた。

外から聞こえる激しい吹雪の音。

「ところで今何時かね」

老人がまた、私に尋《たず》ねた。

ふと思った。時間が気になるのか。そういえば小屋には時計もなければ……ここはまるで時間が止まったような……腕時計を見るともう深夜零時を過ぎていた。時間を告げると老人は頷《うなず》いて私たちを見回した。

倉本と高村は座ったまま完全に眠りこけている……。

吹雪の音が聞こえなくなった――私もそろそろ寝るとするか。明け方までまだ時間がある。夜が明けたら山を下りて……そう考えているうちに目蓋《まぶた》が重たくなり意識が遠のくのを感じた。

……どのくらい寝ていたのか。そう時間は経《た》っていないはず……何かの音で目を覚ました。苦しそうな咳払いだ。聞きなれない断末魔の咳払いは嘔吐《おうと》にも近かった。

私は目をこすり老人を見た。その咳払いは老人のものではなかった。老人の見ている方向……それは倉本だった。老人は何か期待に満ちている眼差《まなざ》しで倉本を見つめていた。

私はぞっとした。あの目は……何だ。あの白目が黄色に変色した目で倉本を見つめていた……先程の私の話に耳を傾けていた穏《おだ》やかな表情と違う狂気に取り憑かれた顔。しかも、薄ら笑いさえ浮かべている。

倉本は苦しそうに咳払いをしていた。体全体を痙攣《けいれん》させて。隣の高村も目を覚まし心配そうに倉本を見つめている。その咳払いは激しさを増し、ごぼごぼと妙な音と共に地面にうつ伏せになった。

高村が叫んで倉本の体を揺する。

私も思わず傍に駆け寄った。その時、高村がへなへなと地面に座り込んだ。倉本の傍に寄ってその理由がわかった――血を吐いていたのだ。苦しそうに呻《うめ》く倉本。

私の頭はパニックになっていた。しかし、その一方で倉本の苦しむ姿を見て喜んでいるもうひとりの自分もいた。私はその時初めて自分の異常さに気づいた。体を激しく痙攣《けいれん》させのたうちまわり、白目をむく倉本。もう虫の息だった。

一体何が起こったのだろうか。寒さと疲れで……いや、違う。

私は老人を見た。笑っていた……青白い顔で酷《ひど》い咳払いをしながら。

高村は完全に正気を失ったようで唇をぶるぶると震わせ、戸口のほうでうずくまっていた。

倉本の体の痙攣《けいれん》が止まった。静かになったのだ。どうやら、本当に……うつ伏せになった巨体はぴくりとも動かなかった。

私は初めて人が死ぬのを目の前で見た。アドレナリンが急激に体中を駆け巡り過ぎたのか両手が小刻みに震えていた。この感覚は恐怖からなのか、それとも――

やがて老人が……口を開いた。そして低いしゃがれ声であの歌を歌い出した。一生忘れられないあの歌。私が取り憑かれた素晴らしく魅力的な歌。

「ふとった猪《いのしし》……猪《いのしし》しんだーくうふくにーまけてー毒をいっしょに、のみこんだー」

歌い終わると老人は狂ったように笑い始めた。私の心臓の鼓動が高まる。これは何だ！　これは倉本を猪《いのしし》に例えた歌……そして毒とは？　高村は――木戸を必死で開けようとしている。

「無駄だよ」

冷酷な声がした。老人の嬉しそうな顔。生き生きしていた。咳払いをしていたが、何かこう……力強さを感じた。

「お前さんがたが眠っている間に、その木戸の鍵は締めた」

そう言うと、右拳を開き鍵を私と高村に差し出すように見せびらかした。次の瞬間その鍵を老人は……飲み込んだ。酷《ひど》い咳払いをしていたが、すぐに勝ち誇った表情になった。

「これでもう私を殺してこの胃をかっさばかない限り、鍵は手に入らない……」

耳障りな、がらがらの声で言った。

「この異常者が！　お前は頭がおかしいんだ！」

高村の叫び。

老人は耳をかさず今度は左拳を開き植物の葉を私たちに見せつけた。

「こいつが何かわかるかい？　え？　え？　これだよ！　猪《いのしし》さんのコンビーフに混ざっていたんだ！」

私は寒気がした。ま、まさか……私たち全員に……。

「これはトリカブトに属するカワチブシという植物なんだよ。これを細かく刻んだものを三つのコンビーフの缶のひとつに混ぜた。さらに……」

老人の声に力が入る。

「その缶を混ぜてどの缶に毒が入っているか自分でもわからなくしてあなたがたに渡した……」

老人が私を見た。ぎょろりとした目で。

「この手の毒薬が効くには約一時間弱か……意外と遅いんだな」

そうか……それで……私に時間を何度も聞いていたんだ！　私たちを順番に見ていたのは誰に毒の缶が当たったのか確認するためか！　何て恐ろしい……でもなんだって……そんなことを！

「この山にはこんな毒薬が生えているんだね。ねえ、君……知ってた？」

老人の質問に私は無言だった。拳に力が入る。この老人は狂っている。こんなか細い体で病弱なのに……しかし何かに取り憑かれたような執念を感じる。そのためにだけ生きているということも。

「しかし今、目の前で人が死んだというのに私は何も感じない。もっと絶望感やその反対の高揚感があると思ったのに！」

老人の声が響く。

私は勿論、その時口には出さなかった。先程の倉本の死……アドレナリンが溢《あふ》れ出し、全身の震えが止まらない……その時やっと……わかった。恐怖からではなかった……むしろ、人の死を見て高揚している自分がそこにいた。恐怖といえばむしろ新たな自分を発見したことだった。

「まだだ！　これからだ！」

老人はわめき散らした。

木戸に何度も体当たりをしている高村。

老人は目玉をぎょろぎょろさせた。

「取り合えずあと一人、もう一人殺せば！」

私と高村を交互に見てから老人はしばらくして――

「おつぎはどっち？　猪《いのしし》しんでーおっつぎはー兎《うさぎ》？　それっとも狐《きつね》？」

殺気立った何とも言えない表情で私を凝視した。

覚悟を決めるしかなかった……そうだ！こんな病弱な老人など私と高村で、どうとでもできる！

「お前さんが何考えているかわかるぞ。ええ？　この老いぼれをどうこらしめるかだろ？　ええ？　簡単だよ。こんな老いぼれをこらしめるのは！　しかしまだ若い者に負けはせんよ」

そう言い終えると老人は腰のあたりをごそごそとまさぐり、手に光るものを掴《つか》んだ――果物ナイフだ！

私はとっさに高村を見た。必死で木戸をこじ開けようとしている。ここは協力しなければ！

私は高村に駆け寄った。

「無駄だよ！　それよりあいつを！」

「どうする？　ああ、どうすれば！」

高村は半狂乱になって叫んだ。

老人はふらふらと立ち上がり果物ナイフを持ってよろよろと私たちに向かって来た。歌を歌いながら。

「どっちをさきにくしざしにー！　狐《きつね》ー？　兎《うさぎ》ー？」

高村は覚悟を決めたのか叫びながら老人の背後に回った。

「このじじいが！　覚悟しやがれ！」

背後から羽交い締めにする高村。老人は果物ナイフを狂ったように振り回すがうまく動けない。

「今だ！　早く……そのナイフを！」

高村の掛け声と共に私は老人の腹に蹴りを食らわせた。酷《ひど》い咳払いをする老人。羽交い締めにされたまま唸り声を上げ激しく抵抗する。

私は何度も腹に蹴りを食らわせた。やがて、老人は苦しそうな呻《うめ》き声を出しながら、果物ナイフを地面に落とし、しゃがみこんだ。

私は素早く果物ナイフを拾い戦闘体制をとった。高村はまだ老人の背中に張り付いていた。

「ただの冗談だよ……よってたかってこんな老いぼれをいじめおって！　お前らはそれでも人間か⁉このひとでなしどもめ！」

老人はうつむきながら泣き叫んだ。

私と高村は顔を見合せた。本当にただの狂った老人なのか……哀れな。

「私が悪かった！　観念する！　このとおり！」

そう言うと老人は両手を広げ地面にうつ伏せになった。高村は老人の背中から離れた。

私と高村は老人を見下ろしていた。しくしくと泣く老人。

「私はただ死ぬ前に人を殺してみたかったんだ……ただそれだけなのに……それだけなのに……」

泣き声と共に訳のわからないことをつぶやき始めた。

私と高村はまた顔を見合わせた。その瞬間に高村の顔に何か大量の透明の液体がかかった。鼻につく嫌な匂い——これはひょっとして……ガソリンだ！ 老人は一瞬の隙をついてどこからか取り出した小さな空き缶からガソリンを高村の顔にかけていた。

顔を覆う高村……私は果物ナイフで老人を刺そうとした。できるのか？ 私に——一瞬ためらいそうになるも……老人の左手にあるものを見て動きを止めた。

ゆっくりと老人が立ち上がる。皺だらけの鬼のような形相で毛布を被ったその姿はまるで悪魔だった。肩でぜいぜいと息をし、勝ち誇った顔。その左手には火が点《とも》るライターが。

しゃがんで顔をかきむしる高村。

「いいんだよ。そのナイフで私を刺すがいいさ。でもこの狐《きつね》さんは火だるまに！ 兎《うさぎ》さんが勝つか、私が勝つか？」

老人の声が響き渡る。

一瞬、楽しそうなあの受付嬢と高村の姿が思い浮かぶ……みじめな私をあざ笑った高村……自分でも意外な言葉。ついに私の本性が――

「どうでもいいさ。そんな男。やるならやってくれ」

私は冷静に答えた。

その時の高村の表情。湿った顔で目にガソリンが入りろくに目蓋《まぶた》を開けられず、顔面蒼白に。

「お、お前……何言ってんの……え……」

老人は狂ったような満面の笑みを浮かべた。

「お前さんは話がわかる男だ！　そうか、お前さんは猪《いのしし》も狐《きつね》も嫌いだったんだ！　そんな気がしていたよ！」

ライターを高村の頭に近づける老人。

「狐《きつね》さんよ。お前さんは裏切られたんだよ！」

そう言うと老人は私の顔をちらっと見た。

「本当にいいのかい？」

私はゆっくりと頷《うなず》いた。ライターごと、しゃがんでいる高村の頭に落とす老人――ライターが高村の頭に落ちるまでの時間はゆっくりと過ぎていった。そう、まるで映画のワンシーンでスローモーション効果を使ったように。目に焼き付いて離れない一生忘れ得ぬ光景。火は灯った……髪の毛から始まり、額、頬へと火が移っていく。耳をつんざく高村のこの世のものとは思えない叫び声。

私は呆然とその光景を見ていた。

やがて頭全体が炎に包まれた高村は小屋の中を死に物狂いで走り回った。

老人は歓喜の声を上げてはしゃいでいた。老人と私は高村をよけながらその姿を目で追った。最初は髪の毛が焼ける匂い、そのうちに、肉が焦げたような匂いが漂い始めた。

やがてそれは――倉本の遺体から発せられる脂ぎった匂いと混ざり合い奇妙な腐臭となって、小屋の中を満たしていった。

火が小屋の中に移らないか心配をしていた私だがふと見ると、高村は力尽きたのか隅で横たわっていた。黒焦げになった顔はまだ火がくすぶり、体がぴくぴくと動いていた。

老人は笑い続けた。私も笑い始めた。なぜか笑いが止まらなかった。

老人からの悪い影響を受けて私まで……しかし、自分が思い描いていた死に様《ざま》とは違うが本当に倉本と高村は――いや、猪《いのしし》と狐《きつね》は死んでしまった。そう思うとさらに笑いがこみ上げてきた。まるで悪い童話のようだ。私は完全に気がふれてしまったのか。

「なんだ……兎《うさぎ》さん。私と同類だったんだね」

耳元で囁く優しい声。

ゆっくりと果物ナイフを私から取り上げる老人。私は体に力が入らず、抵抗すらしなかった。

「安心してくれ……ゆっくりと話そう」

老人の落ち着き払った声が頭の中に響いた。


私と老人は向かい合って座っていた。お互い何も話さずしばらく観察し合った。小屋に充満する腐臭……倉本の遺体、高村の遺体はまだぴくぴくしていて……落ち着かなかった。

私は腕時計を見た。もう深夜三時か。

「もう……時間は気にしない」

老人は感情なく言った。

私はくすっと笑った。老人もつられて笑った。全《まった》くなんて日だ。人にどう説明したらいいんだ。私は真剣に考えていた……そう、聞いてみたいことがあった。

「……どうしてこんなことを？」

しばらくの沈黙の後……顎ひげを触り始める老人。

「理由は必要かい？　理由があったほうが安心するのかい？」

私はうつむいた。

「やりたいことをしてみたまでだ……人生で一番してみたかったことなんだ……」

私は顔を上げた。老人は虚《うつ》ろな目で話し始めた。先程の力強さは感じられなかった。老人は自分が末期の肝臓癌であることを告白した。それもあと数年しか生きられないということも。

老人の瞳を覗き込む私──黄疸《おうだん》だったのだ……それであんなに白目が黄色くなっていたのか。酷《ひど》い咳払いを繰り返す老人。

「普通の人間は自分の死期が近いと知ったら何か素晴らしいことをしたいとか、家族や愛する人と過ごしたいとか、そういうことを考えるだろう？」

老人はくすくす笑い始めた。もう怖くはなかった。何を言うのか想像できていたからだ。

「私はね……人殺しをしてみたかったんだ。最後にね。そしてこの人気《ひとけ》のない山にこもったんだ。ここなら泣こうが叫ぼうがどこにも聞こえない。そこに運良くあなたがたが現れた。しかも三人で。そして……私はねえ、自分が殺す前と殺した後、精神状態がどう変わるか感じてみたかったんだ！」

老人は肩をすくめて続けた。

「しかし、結果はこのとおり。毒を食わしてゲームをしたり、火を点《つ》けてその瞬間は興奮したんだが、終わってみるとなんだか呆気《あっけ》ない。人とはちっぽけだ。あっという間に命の炎が消えてしまう。最も私も死期が近くてある程度の悟りの境地にいて感情自体がもう死んでいるのかもしれないが」

私は黙って聞いていた。

「猪《いのしし》ーしんでー狐《きつね》もしんだーのこるは兎《うさぎ》ーでも……」

老人は歌い出してすぐやめた。そして真剣な表情になった。

「本当に残酷だったのは兎《うさぎ》の皮を被った人間だった」

私は自分の元からある妄想を歌ってみることにした……老人を真似てだ。

「猪《いのしし》はーはっらをさっぱかれー木につるさっれたーのこった狐《きつね》は……てあしをきられー」

私は途中でやめた。意外と難しかったからだ。

老人は拍手をしてくれた。

「なんとまあ、残酷で恐ろしい若者だ……」

私と老人は笑い始めた。私は自分が倉本や高村に抱いていた殺人妄想を話した。老人はまた真剣に聞いてくれた。こんなことを話せる人がいたなんて！　私はこの出会いに感謝していた。本当にすべてから開放されたような気分だった。生まれて初めての充実感があった。両親のことも話した。理不尽な社会のことも。

「君も孤独な人生を送ってきたようだね……これからは思い切り自分のしたいことを精一杯やるんだ。そして後悔をしない人生を送るんだ……今の私に言えるのはそんなことぐらいか」

老人は静かに言った。

「でもやはり自信がないんです……果たして自分に本当にできるのか？」

私は肩をすくめて言った。

「殺人をかね？」

素早い老人の応答。

私は深く頷《うなず》いた。

外の吹雪はやんだようで辺《あた》りはひっそりとしていた。

ぴくぴくと動いていた高村も今やその動きを止め、静かに横たわるのみ。

老人は果物ナイフを見つめた。

「このナイフでメッタ刺しを考えていたが今ではもうどうでもいいよ。目的は果たせた。それよりも……」

私は老人の顔を見た。何かの決意に満ちた表情。老人は果物ナイフを私に差し出した。

「お前さんにはこれからの人生やらなければならないことがある。わかっているね？」

私は強く頷《うなず》いた。

「お前さんが一歩を踏み出せるように手伝いをしたいと思うんだ」

私にはまだどういうことかわからなかった。

老人が嬉しそうに笑った。

「もう人殺しという願いは叶えた。お次は人に……殺されてみたい。そう……これで仕上げだよ。わかるね？」

老人は立ち上がり仁王立ちになった。

私は緊張していた。

果物ナイフを右手で握り締めた――震えながら。

「知ってのとおり、木戸の鍵は私の胃の中にある……あの木戸は意外と頑丈でぶち破るには骨が折れるだろう？」

そう言うと老人は上腹部のあたりを指差した。

「だから、この胃をかっさばき、鍵を取り出しておくれ！お前さんも熱望していた初の殺人も体験でき、あの木戸の鍵も手に入る！　まさに……」

「……まさに一石二鳥ですね」

私は老人の言葉の後に続いた。立ち上がりながら。

老人は両手を後ろで組んで胸を張った。

「さあ、私の最後の望みを叶えておくれ！」

私の初体験、映画やドラマなどでよく見ていた場面。今までの妄想を自分で叶える機会に遂に恵まれた。二度とないチャンス。本物の殺人。それと同時に溢れ出す好奇心。自分の手による初の殺人。この殺しの後、私の精神状態はどうなるのだろう？　私は緊張のあまり、体が痙攣《けいれん》していた。息が荒く体の底から何か湧き上がってくるのを感じた。きっと鏡で今の自分を見れば、人相も変わっているだろうとも思った。

ゆっくりと果物ナイフを老人の上腹部に近づける。老人は両目をかっと開き瞬《まばた》きを一度もせず固まっていた。私は右手に勢いをつけて、それを一気に差し込んだ。ざくっ……という濁った音。

老人は無言だった……刃が半分ぐらいまで上腹部に埋まっていた。どくどくと溢れ出すどす黒い血。

私は、震えていた。恐怖からではない。自分でも認めるのは抵抗があったが興奮していた。今、目の前で人間を……無抵抗な老人を刺した。初めての経験。

「恥じる事はない……後悔の念も必要ない……それが……君の本能だ……それが才能なのだ」

老人はかすれた声で言った。

私たちは突っ立ったままだった。老人の上腹部から流れ落ちる、どす黒い生温かな血がぽたぽたと床に落ちた。

「さあ……さあ、一緒に歌っておくれ……かりをするはずが……兎《うさぎ》がおそい……じいさーん、さした……」

老人はかすれた声でまた歌い始めた。

「かりをするはずがー兎《うさぎ》がおそい、じいさーん、さした……」

　私も歌った。

「兎《うさぎ》はーさしたーはじめて、さしたー！」

　同時に歌い……私たちは笑い始めた。

　老人は口から血を吐き出した。

「さあ、さあ、仕上げだよ！　もっと深く突き刺しておくれよ！　そんなんじゃ死ねないよ」

　ナイフを持っている私の腕を両手で掴《つか》む老人。

　私は力を込めて笑いながら深々とねじ込んだ。目を激しく瞬《まばた》きさせる老人。

　私の体中を血がめぐり、全身から汗が吹き出す。

　地面に崩れるようにしゃがむ老人……。

　私は老人を抱きかかえた。刺されて苦痛で苦しむはずが、私には老人がむしろ心地よさそうに見えた。

　そう……本当に幸せそうな表情で——

「いいかい……人にどう思われようと自分の信じる道をいくのだよ。決して残りの人生を無駄にしてはいけない。私が思うにお前さんは生まれながらの殺人鬼だ。お前さんを不快にさせる者は片っ端から片付けてしまうのだよ……相手を恐怖で満たしてやれ」

私は力強く何度も頷《うなず》いた。

「私が死んだらなるべく早くこの胃から鍵を取っておくれ……体が温かいうちに。死後硬直が始まる前に」

老人の声が小さくなっていく。

「不思議だな……今になって思い出したよ。昔、生き別れた息子よ……生きていれば丁度、お前さんぐらいだ……」

私は、はっとして老人を見た。老人の体温がどんどん下がっているのがわかった。体を揺すった。聞いてみたいことがあったからだ。

「最後に名前を教えてください！名前を……」

「歌って……おくれ……歌を……」

老人は私の問いかけをかき消すように言った。

老人の目蓋《まぶた》がゆっくりと閉じていく。

「じいさーん、さされたー兎《うさぎ》にーさされたーからだがーつめたくなっていく……」

私はまるで赤子に子守唄を歌っている気分だった。

老人の体は完全に冷たくなっていた――

遂に完遂した殺人。私の初めての殺人。自分の中に長年うっ積していた悪いものを吐き出した感覚。何ともすがすがしかった。老人に対しては感謝の気持ちで一杯だった。

遺言どおり、私は老人の胃から鍵を取り出した。さほど苦労しなかった。果物ナイフで上腹部をえぐった。皮、肉、骨、実際人間の体の内部を間近に見ると実に芸術的だった。そうして私はどす黒い血にまみれた木戸の鍵を手に入れた。その間、私の心臓の鼓動は通常通りだった。それよりも次のことを既に考え始めていた。なんて、好奇心旺盛な私。次の獲物は誰にしようかな……どんな凶器を使って――

そして……私は今、暗い部屋の中でうずくまっている。目を閉じ、耳を澄ます。時計の針が時を刻む音以外は何も聞こえない。隣の部屋では両親は深い眠りに落ちているはずだ。両親？　もう一人は本当の親じゃない。あれは、義父だ。私を邪魔者扱いしている義父。それと、冷淡で裏切り者の実の母親……。まだ時間はあるさ。焦ることはない。やっと深夜零時を過ぎた頃だ。

今日の午後、私は予定通り帰途についた。あの避難小屋を出たときは朝の五時三十分だった。雪は積もっていたが天候も良く私は最高の気分だった。以前のような猫背ではなく自信に満ちて胸を張って歩けるようになっていた。ただ一つ気になることがあった。私が着ているダウンジャケットが血まみれだったことだ。誠に不本意だが高村の遺体からダウンジャケットを頂戴した。わずかに焦げていて薄汚れていたが、少なくとも私のよりはましだった。

赤い印《しるし》が付いた森を抜けて歩いた。途中、この山の風景写真を撮っていないことを思い出したが、もうどうでもよかった。静まり返った山道を歩き麓《ふもと》の街を確認した私は安堵のため息をついた。

私は目をゆっくりと開けた。もう普段の生活に戻ることもない。私にはやらなければならないことがある。目を閉じる。あの山の景色を思い浮かべる。耳を澄ます。不思議だ。あの吹雪の音、あの暗い山道を吹き抜ける風の音が聞こえる。何よりも忘れられないあの魅力的な殺しの歌、今も目の前にちらつくあの人の最期《さいご》の表情……そして、励ましの言葉。そうだ。私は生まれ変わったのだ。あの老人のおかげで。あの名前も知らない老人……。

今になって思うのだが、あの老人……初めて会った気がしなかった。この感覚は一体——私の勝手な思い込みなのか?老人は死に際《ぎわ》に生き別れた息子がいるとか言っていた。私は幼少の頃に出て行った実の父の後ろ姿を覚えている。どうして、あの老人と重なってしまうのか。単に実の父の愛情に飢えていたからか？　いいや、あの老人もしかして……。私があの山であの避難小屋で老人に会ったのはいわば運命だったのかもしれない。老人は私のことを生まれながらの殺人鬼だと言っていたっけ。そうなると、それは血筋かもしれない。父から受け継いだ――

そして今、私の右手には金づちが握られている。高校を卒業する頃、母から聞いた話がある。どうして私の実の父親と離婚したかだ。母は冷淡に早口で言った。まるで雀《すずめ》がさえずっているように。実の父が母と出会ったのは同じ会社だった。結婚して私が生まれたが、数年後、父は出て行った。実はその会社の社長というのは今の私の義父だ。義父はずっと母と不倫関係にあった。傷ついた父は出て行った。その会社も辞めた。そして、父は母の要望もあったが経済面では裕福な義父に私を託したのだろう。身勝手で家庭を壊した義父と尻軽な母を呪った。あの山の、あの避難小屋にいたのは私の実の父かもしれないのだ。勝手な振る舞いで私の父を家から追い出し、みじめな生活をさせたのだ。そうして病気になり、余命わずかな人生をあの寂しい避難小屋で！　私の父かもしれないあの老人！　私が師と崇《あが》めるあの人の遺言どおり、私は後悔のないよう生きていくつもりだ。その手始めとして隣の部屋で寝ている母と義父を金づちで滅多打ちにしてやるつもりだ。

　体中の血の巡りが良くなるのを感じた。嬉しくて笑いがこみ上げてくる。私の意外な行動にあの二人は驚くだろう。その時の表情をカメラで撮りたいぐらいだ。騒がれると困るから二人一緒にやらねばならない。容赦なく滅多打ちだ！　まるで隕石が落ちて地面に巨大な穴が開いたように顔面をへこましてやる。月にあるクレーターのように、くぼみだらけにしてやる……芸術的だろ？　そうさ、できるさ。今の私にはなんてことはない。思い出したが、前に義父は私の父のことを負け犬呼ばわりしていたこともある。義父には苦しんでもらわないと。二度と口を聞けないように先に歯を全部折ってやる……母は雀《すずめ》、義父は何がいいかな？　そうだ。ゴルフ焼けで肌が黒いうえ、全身黒の服を好んで着ているから鴉《からす》はどうだ？

「ねていっるー雀《すずめ》、鴉《からす》ーしあわっせそーう……でもすぐしんじゃうよー」

　気がつくと私は自然と歌を口ずさんでいた。そうしてゆっくりと自分の部屋を出た。右手に金づちを握り締めて。

　これが終わったら私はまたあの山を訪れるつもりだ。しばらく、ほとぼりがさめるまであの避難小屋に身を隠そう。勿論、カメラ持参で。そうして老人の遺体を丁重に埋葬し、猪《いのしし》と狐《きつね》の死骸をカメラで撮ろうと思う。運が良ければ、道に迷った登山客に出会えるかもしれない。そうしたら凄く凄く……楽しいことができるのに。それを想像するだけで私は本当に嬉しくなる。

おわりに

断末魔の叫び、呻き声――

ずっと聞こえていました……

しかし残酷な僕はその声に耳を傾けず、無視し続けたのです。

その声の主は……約9年前に電子書籍として、この世に生み落とされたホラー&ミステリー作品の住民たち。その登場人物が電子書籍の中から這い出ようともがく声でした。

僕は意図的に彼らを閉じ込めていたのです。

なぜかって?

時間が経てば経つほど、恐怖は熟成するからです。

そうして、ようやく皆様の目の前に手に触れられる状態で解き放ちました。

僕の物語は、改めて手で触れてめくって読むことができる、紙にインクで記された書籍になったのです。

それはいわば、ソフトウェア（プログラム）からハードウェア（物量があるもの）に変化をしたということです。

溢れんばかりの熟成された恐怖はあなたが物語を読み終えた後、さらに増殖を始めて世界に広がっていくことでしょう。

解き放たれた恐怖は誰にも止められません……


この本を読み終えた方々に感謝いたします。

なぜならば皆様は今回、恐怖を受け止める器になってくれたのだから。

あなたを宿主としてさらなる増殖と熟成を願って。

あなたの影の友

大和田龍之介

本の出版は人生を劇的に変化させる魔法

クリエイティブメディア出版の本

第七回クリエイティブメディア出版 出版大賞 優秀賞

自己啓発
人生論

新刊

フロリダ 久美
ライフチアリーダー

厚木市出身。

日本在住２０年、アメリカ在住２０年。2児の母。

１４歳の時、両親が離婚。その後、江ノ電鎌倉高校前駅のベンチで海を越えよう…「日本脱出」を決意し、１０代の時に一般旅行業務取扱主任者（現・総合旅行業務取扱管理者）の資格を取得。２１歳で渡米・就職の夢を実現。

２５年間の実体験に基づく夢の見つけ方・叶え方を中学生に講演活動中。

２０１８年思い出の鎌倉にてラジオ番組、生放送１時間半に出演、４０歳の記念になった。

趣味は直感による予定未定な国内外の自由旅。最近は朝４時起きのトイレ掃除と故郷の相模川周辺のゴミ清掃を講演活動の傍ら楽しむ生活。

Instagram：@florida_kumi
https://www.instagram.com/florida_kumi/

夢は必ず叶う。
これは英語が苦手でコネも学歴も経験もなかった私の物語。
アメリカ生活20年目、日本を遠く離れた地球の裏側フロリダから
あなたの夢実現を全力で応援します!!

読む人「誰もが」元気になる本

「人生は夢マラソン」～地球の裏側フロリダより挑戦は続く～

フロリダ久美（著）販売価格：1,200円（＋税）

第7回クリエイティブメディア出版主催
出版大賞にて「優秀賞」を受賞。
フロリダ久美の著者デビュー作「人生は夢マラソン」
～地球の裏側フロリダより挑戦は続く～が、
著者地元の有隣堂厚木店にて、文芸部門5週連続「第1位」
を獲得。新人作家であるにも関わらず新刊100冊を
「面」で陳列するなど大きな話題に。

内容
夢は必ず叶う。これは英語が苦手でコネも学歴も経験もなかった私の物語。アメリカ生活20年目、日本を遠く離れた地球の裏側フロリダからあなたの夢実現を全力で応援します。

Profile
フロリダ久美
ラジオパーソナリティ、講演会など文化人としても活躍中。

本の出版は人生を劇的に変化させる魔法

クリエイティブメディア出版の本

～電子書籍で大人気の「カナと魔法の指輪」がついに書籍化～

児童書 新刊案内　2/25 発売

第1回クリエイティブメディア出版「えほん児童書コンテスト」ほほえみ賞受賞作品

カナと魔法の指輪

著 新高《あらたか》なみ

販売価格：1,200円（+税）

カナの推理がみんなをハッピーにする。
ピアノと本が大好きな少女カナが活躍する
謎解きストーリー開幕！

Profile

新高なみ

立命館大学院応用人間科学研究科修了。公立中学校社会科の教師を経て、臨床心理士になる。京都の町屋に暮らし、趣味はイラストと辺境旅行、民族衣装を着て歩くこと。

本の出版は人生を劇的に変化させる魔法

著者プロフィール
大和田龍之介（おおわだりゅうのすけ）

＊略歴：
東京生まれ。十代よりホラー映画の魅力に取り憑かれ膨大な量のフィルムを見て過ごす。

特に影響を受けたのはアメリカの 80 年代のスプラッター・ホラー。

大学卒業後、様々な職を経てシナリオセンターに通い書く事の喜びを知る。

言葉の力を磨き続ける日々。

発狂山《はっきょうやま》

～ホラー短篇集～

2024 年 1 月 28 日 初版第 1 刷発行

著　者　大和田龍之介
発行人　松田提樹
発行所　株式会社クリエイティブメディア出版
〒 135-0064
東京都江東区青海 2 丁目 7-4
The SOHO Odaiba（お台場）8 階
e-mail：ebook@creatorsworld.net
企　画　ホラー＆ミステリー大賞実行委員会
編　集　舘野祐一郎
デザイン　モグモグ 630
装　幀　開成堂印刷株式会社
印刷・製本　シナノ印刷株式会社
協　力　株式会社パールハーバープロダクション
クリエイターズワールド

ISBN 978-4-904420-28-7